THE ESPERANTO
TEACHER

D1519358

Helen Fryer

THE ESPERANTO TEACHER

A Simple Course for Non-Grammarians

BIBLIOBAZAAR

THE ESPERANTO
TEACHER

PRESENTATION.

Perhaps to no one is Esperanto of more service than to the non-grammarian. It gives him for a minimum expenditure of time and money a valuable insight into the principles of grammar and the meaning of words, while enabling him, after only a few months of study, to get into communication with his fellow men in all parts of the world.

To place these advantages within easy reach of all is the aim of this little book. Written by an experienced teacher, revised by Mr. E. A. Millidge, and based on the exercises of Dr. Zamenhof himself, it merits the fullest confidence of the student, and may be heartily commended to all into whose hands it may come.

W. W. Padfield.

PREFACE.

This little book has been prepared in the hope of helping those who, having forgotten the lessons in grammar which they received at school, find some difficulty in learning Esperanto from the existing textbooks. It is hoped it will be found useful not only for solitary students, but also for class work.

The exercises are taken chiefly from the "Ekzercaro" of Dr. Zamenhof. The compiler also acknowledges her indebtedness especially to the "Standard Course of Esperanto," by Mr. G. W. Bullen, and to the "Esperanto Grammar and Commentary," by Major-General Geo. Cox, and while accepting the whole responsibility for all inaccuracies and crudenesses, she desires to thank all who have helped in the preparation, and foremost among them Mr. W. W. Padfield, of Ipswich, for advice and encouragement throughout the work, and to Mr. E. A. Millidge, for his unfailing kindness and invaluable counsel and help in its preparation and revision.

MANNER OF USING THE BOOK.

The student is strongly advised to cultivate the habit of *thinking* in Esperanto from the very beginning of the study. To do this he should try to realise the idea mentally without putting it into English words, *e.g.*, when learning the word "rozo" or "kolombo," let him bring the object itself before his mind's eye, instead of repeating "*rozo*, rose; *kolombo*, pigeon"; or with the sentence "*la suno brilas*, the sun shines," let him picture the sun shining. Having studied the lesson and learned the vocabulary, he should read the exercise, repeating each sentence *aloud* until he has become familiar with it and can pronounce it freely. Then turning to the English translation at the end of the book, he should write the exercise into

Esperanto, compare it with the original, and re-learn and re-write if necessary. Although this method may require a little more time and trouble at first, the greater facility gained in speaking the language will well repay the outlay.

After mastering this book the student should take some reader, such as "Unua Legolibro," by Dr. Kabe, and then proceed to the "Fundamenta Krestomatio," the standard work on Esperanto, by Dr. Zamenhof.

A very good Esperanto-English vocabulary is to be found in the "Esperanto Key," ½d., or in "The Whole of Esperanto for a Penny."

THE ORIGIN AND AIM OF ESPERANTO.

A few words as to the origin of Esperanto will perhaps not be out of place here. The author of the language, Dr. Ludovic Zamenhof, a Polish Jew, was born on December 3rd, 1859, at Bielovstok, in Poland, a town whose inhabitants are of four distinct races, Poles, Russians, Germans, and Jews, each with their own language and customs, and often at open enmity with each other. Taught at home that all men are brethren, Zamenhof found everywhere around him outside the denial of this teaching, and even as a child came to the conclusion that the races hated, because they could not understand, each other. Feeling keenly, too, the disabilities under which his people specially laboured, being cut off by their language from the people among whom they lived, while too proud to learn the language of their persecutors, he set himself to invent a language which should be neutral and therefore not require any sacrifice of pride on the part of any race.

Interesting as is the story of Zamenhof's attempts and difficulties, it must suffice here to say that at the end of 1878 the new language was sufficiently advanced for him to impart it to schoolfellows like-minded with himself, and on December 17th of that year they fêted its birth, and sang a hymn in the new language, celebrating the reign of unity and peace which should be brought about by its means, "All mankind must be united in one family." But the enthusiasm of its first followers died down under the derision they encountered, and for nine years more Zamenhof worked in secret at his language, translating, composing, writing original articles, improving, polishing, till in 1887 he published his first book under the title of "An International Language by Dr. Esperanto." (*Esperanto* means *one who hopes*).

That the idea which impelled the young Zamenhof to undertake such a work is still the mainspring of his devotion to the cause is shown by the following extract from his opening speech at the second International Esperanto Congress in 1906:—"We are all conscious that it is not the thought of its practical utility which inspires us to work for Esperanto, but only the thought of the important and holy idea which underlies an international language. This idea, you all know, is that of *brotherhood and justice among all peoples.*" And, again, in his presidential address at the third Esperanto Congress, held this year (1907) at Cambridge, he said, "We are constantly repeating that we do not wish to interfere in the internal life of the nations, but only to build a bridge between the peoples. The ideal aim of Esperantists, never until now exactly formulated, but always clearly felt, is: *To establish a neutral foundation, on which the various races of mankind may hold peaceful, brotherly intercourse, without intruding on each other their racial differences.*"

> Sur neŭtrala lingva fundamento,
> Komprenante unu la alian,
> La popoloj faros en konsento
> Unu grandan rondon familian.
>
> (On the foundation of a neutral language,
> Understanding one another,
> The peoples will form in agreement
> One great family circle).

HELEN FRYER.

December, 1907.

THE ALPHABET.
SOUNDS OF THE LETTERS.

In Esperanto each letter has only one sound, and each sound is represented in only one way. The words are pronounced exactly as spelt, every letter being sounded.

Those consonants which in English have one simple sound only are exactly the same in Esperanto; they are—*b, d, f, k, l, m, n, p, r, t, v, z* (*r* must be well rolled).

q, w, x, y are not used.

c, g, h, s, which in English represent more than one sound, and *j* are also used with the mark ˆ—

c ĉ, g ĝ, h ĥ, j ĵ, s ŝ.

c (whose two English sounds are represented by *k* and *s*) has the sound of *ts*, as in i*ts*, *ts*ar.

ĉ like *ch*, *tch*, in *ch*ur*ch*, ma*tch*.

g hard, as in *g*o, *g*i*g*, *g*un.

ĝ soft, as in *g*entle, *g*em, or like *j* in *j*ust, *J*ew.

h well breathed, as in *h*orse, *h*ome, *h*ow.

ĥ strongly breathed, and in the throat, as in the Scotch word lo*ch*. (Ask any Scotsman to pronounce it). *ĥ* occurs but seldom. It is the Irish *gh* in lou*gh*, and the Welsh *ch*.

j like *y* in *yes, you*, or *j* in *hallelujah, fjord*.

ĵ like *s* in pleasure, or the French *j*, as in *dejeuner, Jean d'Arc*.

s like *ss* in a*ss*, le*ss*, never like *s* in ro*s*e.

ŝ like *sh* in *sh*e, *sh*all, *sh*ip, or *s* in *s*ugar, *s*ure.

In newspapers, etc., which have not the proper type, *ĉ, ĝ, ĥ, ĵ, ŝ* are often replaced by *ch, gh, hh, jh, sh*, or by *c', g', h', j', s'*, and *ŭ* by *u*.

ŭ is also a consonant, and has the sound of *w* in *we*, as *Eŭropo*, or *u* in *persuade*.

The vowels *a, e, i, o, u* have not the English, but the Continental sounds.

a always like *a* in *a*h! or in t*a*rt.

e like *e* in b*e*nd, but broader, like *e* in th*e*re.

i is a sound between *ee* in m*ee*t and *i* in *i*s.

o like *o* in f*o*r, or in the Scottish *no*, or *au* in *au*ght.

u like *oo* in b*oo*t, p*oo*r.

a, e, i, o, u are all *simple* sounds, that is, the mouth is kept in one position while they are being sounded. In learning them lengthen them out, and be careful not to alter the position of the mouth, however long they are drawn out. In the compound sounds given below the shape of the mouth changes; to get the correct pronunciation sound each letter fully and distinctly, gradually bringing them closer until they run together, when they become almost as follows:—

aj nearly like *ai* in *ai*sle, or *i* in n*i*ce, f*i*ne.

ej nearly like *ei* in v*ei*n.

oj nearly like *oy* in b*oy*, or *oi* in v*oi*d.

uj nearly like *uj* in hallel*uj*ah.

aŭ like *ahw*, or nearly *ou* in h*ou*se, pronounced broadly, ha*ou*se.

eŭ like *ehw*, or *ey w* in th*ey w*ere, *ayw* in w*ayw*ard.

Practise saying *aja, eja, oja, uja, aŭa, eŭa* several times quickly. Then gradually drop the final *a*.

Accent.

The accent or stress is always placed on the syllable before the last, as es-*pe*-ro, es-pe-*ran*-to, es-pe-ran-*tis*-to, es-pe-ran-tis-*ti*-no; *ju*-na, ju-*nu*-lo, ju-nu-*la*-ro. All the syllables must be clearly pronounced, not slurred over.

Exercise in Pronounciation.

a (as in b*a*th), *pat*-ra, *la*-na, a-*gra*-bla, mal-*var*-ma, *kla*-ra, pa *fa*-do.

e (as in b*e*nd), *be*-la, m*e*m, fe-*nes*-tro, ven-*dre*-do, tre-*e*-ge, le-*te*-ro.

i (as in s*ee*), mi, *i*-li, i-*mi*-ti, vi-*ẑi*-ti, *trin*-ki, in-*sis*-ti.

o (as in f*o*r), *ho*-mo, *ro*-zo, ko-*lom*-bo, *dor*-mo (the *r* rolled), *mor*-to, po-*po*-lo.

u (as in b*oo*t), *u*-nu, dum, *bru*-lu, sur-*tu*-to, vul-*tu*-ro, mur-*mur*-i.

aj (as in n*i*ce), ajn, kaj, r*aj*-to, taj-*lo*-ro, *faj*-ro, *be*-laj.

ej (as in pl*ay*), *vej*-no, *hej*-mo, plej, *hej*-to.

oj (as in b*oy*), *pat*-roj, *foj*-no, *ho*-mojn, *koj*-no, *soj*-lo, *kon*-koj.

uj (as in hallel*uj*ah), tuj, *ĉi*-uj, *ti*-uj.

aŭ (as in c*ow*), *an*-taŭ, *laŭ*-bo, fraŭ-*li*-no, *kaŭ*-zi, aŭs-*kul*-tu, *aŭ*-di.

eŭ (like ehw), Eŭ-*ro*-po, neŭ-ral-*gi*-o, Eŭ-kar-*is*-to, reŭ-ma-*tis*-mo.

c (= ts, bi*ts*), *ce*-lo, fa-*ci*-la (=*fa-tsee-la*), be-*le*-co (*be-le-tso*), ofi-*ci*-ro, *pa*-co, ci-ko-*ni*-o, *co*-lo.

ĉ (= tch, ma*tch*), ĉu, eĉ, ĉe, *ĉam*-bro, *ĉer*-pi, *tran*-ĉi, *ri*-ĉa.

g (as in *g*ood), *lon*-ga, *le*-gi, ge-*nu*-o, *gen*-to, *gli*-ti, *gro*-so.

ĝ (as in *g*em), *ĝe*-mi, *ĝis*, *ĝar*-*de*-no, *sa*-ĝa, *man*-ĝi, *re*-ĝo.

h (breathed), *ha*-ro, hi-*run*-do, ha-*rin*-go, his-to-*ri*-o, he-*de*-ro, *him*-no.

ĥ (in throat), ĥe-*mi*-o, ĥo-*le*-ro, me-ĥa-*ni*-ko, e-ĥo, ĥa-*o*-so.

j (like y), *ju*-na, ma-*jes*-ta, sin-*jo*-ro, ka-*je*-ro, jes, ja.

ĵ (= zh), bon-*aĵ*-o, *ĵe*-ti, ĵur-*na*-lo, ĵus, *ĵaŭ*-do, ĵa-*lu*-zo.

s (ss), *su*-per, ses, *sta*-ri, trans, ves-*pe*-ro, *svin*-gi.

ŝ (sh), *fre*-ŝa, *ŝe*-lo, *ku*-ŝi, *ŝtu*-po, *ŝvi*-ti, *ŝve*-li.

kz, ek-*zer*-co, ek-*zem*-plo, ek-za-*me*-no, ek-ze-*ku*-ti, ek-*zi*-li, ek-*zis*-ti.

kv, kvar, kvin, kvi-*e*-ta, *kvan*-kam, *kver*-ko, *kva*-zaŭ.

gv, *gvi*-di, *lin*-gvo.

kn, *kna*-bo, *kne*-di.

sc (sts), *sci*-o (sts-ee-o), *sce*-no (stse-no), *scep*-tro, eks-*ci*-ti (eks-*tsee*-tee), eks-cel-*en*-co (eks-tsel-*en*-tso), sci-*en*-co (stsee-en-tso).

cen-to, *sen*-to; *ce*-lo, *se*-lo, *ŝe*-lo; *co*-lo, *ko*-lo; ci, ĉi; ec, eĉ; *kru*-co, *kru*-ĉo; *pa*-go, *pa*-ĝo; *re*-gi, *re*-ĝi; *se*-gi, *se*-ĝo; *ho*-ro, *ĥo*-ro; *pe*-si, *pe*-zi; *ste*-lo, *ŝte*-lo; *san*-go, *ŝan*-go; *ver*-so, *ver*-ŝi; dis-*i*-ri, dis-*ŝi*-ri; *gus*-ta, *ĝus*-ta; *stu*-po, *ŝtu*-po; *sta*-lo, *ŝta*-lo; *pos*-to, *poŝ*-to; re-*ser*-vi, re-*zer*-vi; ru-*ĝi*-gi, ru-*ĉi*-ĝi; ri-*ĉi*-gi, ri-*ĉi*-ĝi, ri-*ĉe*-co; *fti*-zo.

a-*e*-ro, oce-*a*-no, fe-*i*-no, *ĝu*-i, pe-*re*-i, pe-*re*-u; fo-*i*-ro, *ĉi*-u-*ja*-ra, *vo*-joj, tro-*u*-zi, for-*ram*-pi, ku-*i*-ri; *skva*-mo, zo-o-lo-*gi*-o, en-*u*-i, de-*tru*-u, *ŝpru*-ci, ru-*i*-ni; Jan-u-*a*-ro, Feb-ru-*a*-ro, li-*e*-no, ho-*di*-aŭ, hi-*e*-raŭ, Hun-gár-*u*-jo, Ne-a-*po*-lo, sci-*u*-ro.

* * * * *

NOTE.—A useful mnemonic for the Esperanto vowels is p*a*r, pe*a*r, pi*e*r, p*o*re, p*oo*r, but the sounds should not be dragged. It is helpful to note that the English words *mate, reign, pane, bend; meet, beat, feel, lady; grow, loan, soft; mute, yes, mule* (as pronounced in London and South of England), would be written in Esperanto thus:—*mejt, rejn, pejn, bend; mijt, bijt, fijl, lejdi; groŭ, loŭn, soft; mjut, jes, mjul.*

LESSON 1.
Words.

In Esperanto a word generally consists of an unchanging part or root, which expresses the idea, and an ending which shows the use of the word, that is, whether it is a name, a describing word, etc. By changing the ending the use of the word is changed.

Notice carefully the words given below which end in o. It will be seen that they are all names.

In Esperanto every name ends in o.

(In Grammar names are called NOUNS).

Notice further the words which end in-as. They all express doing or being (action or state), which is going on at the present time, or which is a custom at the present time.

The words "a," "an," are not expressed; "the" is translated by *la*.

Vocabulary.

patro, father.	*ĉambro*, room.
frato, brother.	*fenestro*, window.
filo, son.	*libro*, book.
Teodoro, Theodore.	*krajono*, pencil.
tajloro, tailor.	*plumo*, pen.
leono, lion.	*ĉapelo*, hat.
besto, animal.	*domo*, house.
kolombo, pigeon.	*arbo*, tree.
birdo, bird.	
rozo, rose.	*estas*, is, are, am.
floro, flower.	*apartenas*, belongs.
pomo, apple.	*brilas*, shines.
suno, sun.	*kuŝas*, lies.
tero, earth, ground.	*staras*, stands.
ŝtono, stone.	
la, the.	*de*, of, from.
kaj, and.	*kie*, where.
jes, yes.	*kio*, what thing.
ne, no, not.	*jen estas*, here is.
al, to, towards.	*ĉu*, whether (asks a question).
sur, on.	*antaŭ*, before, in front of.
en, in.	
apud, by, near, beside.	

(The black type shows the accented syllable).

Patro kaj frato. Leono estas besto. Rozo estas floro kaj kolombo estas birdo. La rozo apartenas al Teodoro. La suno brilas. La patro estas tajloro. Kie estas la libro kaj la krajono? Jen estas pomo. Sur la tero kuŝas ŝtono. Sur la fenestro kuŝas krajono kaj

18

plumo. La filo staras apud la patro. Jen kuŝas la ĉapelo de la patro. La patro estas en la ĉambro. Antaŭ la domo staras arbo.

Kio estas leono? Kio estas rozo? Kio brilas? Kio estas la patro? Kie estas la patro? Kio estas sur la fenestro? Kie estas la plumo?

Ĉu leono estas besto? Jes, leono estas besto. Ĉu rozo estas birdo? Ne, rozo ne estas birdo, rozo estas floro.

LESSON 2.

Every "describing" word, that is, every word which tells the kind or quality of a person or thing, ends in "a," as *granda*, large; *ruĝa*, red.

(*A describing word is called* an ADJECTIVE).

Vocabulary.

bela, beautiful.	*juna*, young.
blanka, white.	*matura*, mature, ripe.
blua, blue.	*nova*, new.
bona, good.	*nutra*, nutritious.
fidela, faithful.	*pura*, pure, clean.
forta, strong.	*riĉa*, rich.
freŝa, fresh.	*sana*, well (healthy).
ĉielo, sky, heaven.	*neĝo*, snow.
festo, holiday.	*pano*, bread.
fraŭlino, maiden lady, Miss	*papero*, paper.
homo, man (human being).	*tablo*, table.
hundo, dog.	*vino*, wine.
infano, child.	*onklo*, uncle.
Johano, John.	*pli*, more.
kajero, exercise book.	*ol*, than.
lakto, milk.	*sed*, but.
mano, hand.	*tre*, very.

La patro estas sana. Infano ne estas matura homo. La ĉielo estas blua. Leono estas forta. La patro estas bona. La mano de Johano estas pura. Papero estas blanka. Blanka papero kuŝas sur la tablo. Jen estas la kajero de la juna fraŭlino. Sur la ĉielo staras la bela suno. La papero estas tre blanka, sed la neĝo estas pli blanka. Lakto estas pli nutra, ol vino. La pano estas freŝa. La onklo estas pli riĉa, ol la frato. Jen kuŝas ruĝa rozo. La hundo estas tre fidela. La libro estas nova.

LESSON 3.

When the name (noun) is required to denote more than one of the persons or things for which it stands, j is added to it, as *rozoj*, roses; *kolomboj*, pigeons; and then every "describing" word (adjective) which belongs to it must also have *j*, as *ruĝaj rozoj*, red roses; *la kolomboj estas belaj*, the pigeons are beautiful.

(When the noun stands for "more than one," it is said to be PLURAL. j is the sign of the plural).

Vocabulary.

jaro, year.	*agrabla*, agreeable, pleasant.
kanto, song.	*akra*, sharp.
knabo, boy.	*delikata*, delicate.
lilio, lily.	*flugas*, fly, flies.
trančilo, knife.	*diligenta*, diligent.
dento, tooth.	

lundo, Monday.	*vendredo*, Friday.
mardo, Tuesday.	*sabato*, Saturday.
merkredo, Wednesday.	*dimanĉo*, Sunday.
ĵaŭdo, Thursday.	

La birdoj flugas. La kanto de la birdoj estas agrabla. Kie estas la knaboj? La patroj estas sanaj. Infanoj ne estas maturaj homoj. Leonoj estas fortaj. La manoj de Johano estas puraj. Jen estas la kajeroj de la junaj fraŭlinoj. La onkloj estas pli riĉaj, ol la fratoj. La hundoj estas tre fidelaj. Blankaj paperoj kuŝas sur la tablo. En la ĉambro estas novaj ĉapeloj. Kie estas la akraj trančiloj? Bonaj infanoj estas diligentaj. Jen kuŝas puraj, blankaj, delikataj lilioj. La dentoj de leonoj estas akraj.

LESSON 4.

mi, I.	*ni*, we.
ci, thou.	*vi*, you.
li, he.	*ili*, they.
ŝi, she.	*si*, (see Lesson 7).
ĝi, it	*oni*, one, they, people.

(*The above words are called* PRONOUNS *because they are used instead of repeating the noun*).

By adding a the pronouns are made to denote a quality, in this case possession, as *mia libro*, my book; *via pomo*, your apple; *ilia infano*, their child.

mia, my, mine.	*nia*, our, ours.
cia, thy, thine.	*via*, your, yours,
lia, his.	*ilia*, their, theirs.
ŝia, her, hers.	*sia* (see Lesson 7),
ĝia, its.	

When the name to which these "pronoun-adjectives" belong is plural they must of course take j, as *miaj libroj*, my books; *viaj pomoj*, your apples; *iliaj infanoj*, their children.

In speaking of relations and parts of the body *la* is often used instead of *mia*, *lia*, etc., as *La filo staras apud la patro*, The son stands by the (his) father.

For "mine," "ours," etc., *mia*, *nia*, etc., may be used either with or without *la*, as *La libro estas mia*, or *La libro estas la mia*, The book is mine.

Oni is used for *one, they, people*, when these words are indefinite in meaning, as in the sentences:—Here one can speak fearlessly, *Tie ĉi oni povas maltime paroli*, They say that he is rich, *Oni diras, ke li estas riĉa*, People often eat too quickly, *Oni ofte manĝas tro rapide.*

Vocabulary.

avo, grandfather.
amiko, friend.
ĝardeno, garden
knabino, girl.
ruso, Russian.
sinjoro, gentleman, Mr., Sir.
vero, truth.
venas, comes.
iras, goes.
legas, reads.
skribas, writes.
ploras, cry, cries.
volas, wills, wishes.
diras, says.
sidas, sits.

venkas, conquers.
manĝi, to eat.
ĝentila, polite.
silente, silently.
kiu, who, which (that).
ĉiu, each one, every.
ĉiuj, all, all the.
la plej, the most.
tiel, as, so.
kiel, as.
nun, now.
ankaŭ, also.
ĉiam, always.
el, out of.
ĉar, because, for.

Mi legas. Vi skribas. Li estas knabo, kaj ŝi estas knabino. Ni estas homoj. Vi estas infanoj. Ili estas rusoj. Kie estas la knaboj? Ili estas en la ĝardeno, Kie estas la knabinoj? Ili ankaŭ estas en la ĝardeno. Kie estas la tranĉiloj? Ili kuŝas sur la tablo. La infano ploras, ĉar ĝi volas manĝi. Sinjoro, vi estas neĝentila. Sinjoroj, vi estas neĝentilaj. Oni diras; ke la vero ĉiam venkas. La domo apartenas al li. Mi venas de la avo, kaj mi iras nun al la onklo. Mi estas tiel forta, kiel vi. Nun mi legas, vi legas, kaj li legas, ni ĉiuj legas. Vi skribas, kaj la infanoj skribas, ili (vi) ĉiuj sidas silente kaj skribas.

Mia hundo, vi estas tre fidela. Li estas mia onklo, ĉar mia patro estas lia frato. El ĉiuj miaj infanoj, Ernesto estas la plej juna. Lia patro kaj liaj fratoj estas en la ĝardeno. ŝia onklo estas en la domo. Kie estas viaj libroj? Niaj libroj kuŝas sur la tablo; iliaj krajonoj kaj ilia papero ankaŭ kuŝas sur la tablo.

Kiu estas en la ĉambro? Kiuj estas en la ĉambro? La sinjoro, kiu legas, estas mia amiko. La sinjoro, al kiu vi skribas, estas tajloro. Kio kuŝas sur la tablo?

LESSON 5.
The use of final n.

In order to understand the meaning of a sentence it is necessary to be able to recognise clearly and unmistakably what it is that is spoken about, that is, what the *subject of the sentence* is. In English this is often to be recognised only by its position in the sentence. For instance, the three words—visited, John, George, can be arranged to mean two entirely, different things, either "John visited George," or "George visited John." [Footnote: In teaching Esperanto to children it is well to make sure before going further that they thoroughly understand, what the subject is. *The subject is that which we think or speak about. The word which stands for it is the subject of the sentence.* The children may be required to underline the subject of each sentence in a suitable piece of prose or verse.] In Esperanto the sense does not depend on the arrangement—" *Johano vizitis Georgon*" and "*Georgon vizitis Johano*" mean exactly the same thing, that John visited George, the n at the end of "Georgon" showing that "Georgon" is not the subject. There is no want of clearness about the following (Esperanto) sentences, absurd as they are in English:—

La	*patron*	*mordis*	*la*	*hundo.*
The	father	bit	the	dog.

La	*infanon*	*gratis*	*la*	*kato.*
The	child	scratched	the	cat.

I *a*	*hirdojn*	*pafis*	*Johano.*	
The	birds	shot	John.	

La	*musojn*	*kaptis*	*la*	*knabo.*
The	mice	caught	the	boy.

La	*kokidon*	*manĝis*	*la*	*onklo.*
The	chicken	ate	the	uncle.

La	*bildon*	*pentris*	*la*	*pentristo.*
The	picture	painted	the	painter.

La	*fiŝojn*	*vendis*	*la*	*fiŝisto.*
The	fish	sold	the	fisherman.

In these sentences the subjects are at once seen to be *hundo, kato, Johano, knabo, onklo, pentristo, fiŝisto*, for the final n in *patron, infanon, birdojn, musojn, kokidon, bildon, fiŝojn*, distinguishes these words from the subject.

This use of n renders clear sentences that are not clear in English. "John loves Mary more than George" may mean "more than John loves George" or "more than George loves Mary." In Esperanto it is quite clear. "*Johano amas Marion, pli ol Georgo*" means "more than George loves Mary," because "Georgo" is the subject of the second (elliptical) sentence, but "*Johano amas Marion, pli ol Georgon*" means "more than John loves George," because the final n in Georgon shows this to be not the subject.

There are cases, however, in which it is not necessary to add n, the noun or pronoun being distinguished from the subject in another way. Examples are found in the first exercise:—*Sur la tero* kuŝas ŝtono, *On the ground* lies a stone. *Antaŭ la pordo* staras arbo, *Before the door* stands a tree. Notwithstanding their position, "ground" and "door" are seen to be *not* the subject, because before them are the words "on," "before," which connect them with the rest of the sentence—it is "on the ground," "before the door." So with other sentences.

The words *on, before*, and others given [in Lesson 26] are called PREPOSITIONS (*pre* = before). The noun or pronoun which follows them can never be the subject of the sentence.

Remember, then, that

N is added to every noun and pronoun, *other than the subject*, unless it has a preposition before it. [Footnote: (i.). The explanation usually given for the use of final n is, that n is added to nouns and pronouns (a) in the Accusative Case (the direct object), (b) when the preposition is omitted. The explanation given above seems to me, however, to be much simpler. (ii.). Another use of final n is given later [Lesson 12, Lesson 26]]

When the noun takes n, any adjective which belongs to it must also take n, as, *Li donas al mi belan ruĝan floron*, He gives me a beautiful red flower. *Li donas al mi belajn ruĝajn florojn*, He gives me beautiful red flowers.

Vocabulary.

letero, letter.

litero, letter of alphabet.

festo, festival, holiday.

tago, day.

nokto, night.

amas, loves.

vidas, sees.

konas, knows.

havas, has, possesses.

luno, moon.

stelo, star.

vintro, winter.

forno, stove.

edzino, wife.

mateno, morning.

multaj, many.

obstina, obstinate.

ĝoja, joyful, joyous.

hela, bright, clear.

pala, pale.

deziras, desires, wishes.

eraras, errs, is wrong.

vokas, calls.

hejtas, heats.

hodiaŭ, to-day.

malpli, less.

kiam, when.

kia, what (kind).

Mi vidas leonon (leonojn). Mi legas libron (librojn). Mi amas la patron. Mi konas Johanon. La patro ne legas libron, sed li skribas leteron. Mi ne amas obstinajn homojn. Mi deziras al vi bonan tagon, sinjoro. Bonan matenon! Ĝojan feston (mi deziras al vi). Kia ĝoja festo (estas hodiaŭ)! En la tago ni vidas la helan sunon, kaj en la nokto ni vidas la palan lunon kaj la belajn stelojn. Ni havas pli freŝan panon, ol vi. Ne, vi eraras, sinjoro, via pano estas malpli freŝa, ol mia. Ni vokas la knabon, kaj li venos. En la vintro oni hejtas la fornojn. Kiam oni estas riĉa, oni havas multajn amikojn. Li amas min, sed mi lin ne amas. Sinjoro P. kaj lia edzino tre amas miajn infanojn; mi ankaŭ tre amas iliajn (infanojn). Mi ne konas la sinjoron, kiu legas.

LESSON 6.

We have seen already (Lesson 1) that the words which end in-as express the idea of *doing* (action) or of *being* (state), and that they assert that this action or state is going on, or is a custom, at the present time, as *Mi vidas*, I see; *Ŝi estas*, She is; *Ili suferas*, They suffer, they are suffering.

To say that the action or state took place at some *past* time,-is is used, as *Mi vidis*, I saw; *Ŝi estis*, She was; *Ili suferis*, They suffered, they were suffering.

To say that the action or state will take place at some time to come, in the future,-os is used, as, *Mi vidos*, I shall see; *Ŝi estos*, She will be; *Ili suferos*, They will suffer, they will be suffering.

(Words which assert something, or which express the idea of doing or of being, are called Verbs*).*

(The root only of the verbs will now be given in the Vocabulary without the termination*).*

Vocabulary.

historio, history.
kuzo, cousin.
plezuro, pleasure.
horloĝo, clock.
laboro, work.
popolo, a people.
virino, woman.
aĝo, age.
jaro, year.
permeso, permission.
respond-, answer.
far-, do, make.
forpel-, drive away.
ricev-, receive, get.
don-, give.
trov-, find.
renkont-, meet.
salut-, greet, salute.
rakont-, relate, tell.
vizit-, visit.

dorm-, sleep.
vek-, wake.
serĉ-, seek.
fin-, end.
tim-, fear.
ating-, reach to.
surda, deaf.
muta, dumb.
dolĉa, sweet.
tri, three.
dek-kvin, fifteen.
kial, why.
hieraŭ, yesterday.
morgaŭ, to-morrow.
antaŭ, before.
post, after.
jam, already.
jam ne, no more.
ankoraŭ, still, yet.

Kial vi ne respondas al mi? Ĉu vi estas surda aŭ muta? Kion vi faras?

La knabo forpelis la birdojn. De la patro mi ricevis libron, kaj de la frato mi ricevis plumon. La patro donis al mi dolĉan pomon. Jen estas la pomo, kiun mi trovis. Hieraŭ mi renkontis vian filon, kaj li ĝentile salutis min. Antaŭ tri tagoj mi vizitis vian kuzon, kaj mia vizito faris al li plezuron. Kiam mi venis al li, li dormis, sed mi lin vekis.

Mi rakontos al vi historion. Ĉu vi diros al mi la veron? Hodiaŭ estas sabato, kaj morgaŭ estos dimanĉo. Hieraŭ estis vendredo, kaj postmorgaŭ estos lundo. Ĉu vi jam trovis vian horloĝon? Mi ĝin ankoraŭ ne serĉis; kiam mi finos mian laboron, mi serĉos mian horloĝon, sed mi timas, ke mi ĝin jam ne trovos. Se vi nin venkos, la popolo diros, ke nur virinojn vi venkis. Kiam vi atingos la aĝon de dek-kvin jaroj, vi ricevos la permeson.

LESSON 7.

Confusion is apt to occur in English in the use of the words *him, her, it, them; his, hers, its, their*, e.g., "John loves his brother and his children." Whose children, John's or his brother's? "The boys brought to their fathers their hats." Whose hats, the boys' or their fathers'? "She gave her sister her book." Whose book? Her own or her sister's?

This confusion is avoided in Esperanto by the use of, the pronoun si (*sin*), meaning *himself, herself, itself, themselves*, and sia, meaning *his own, her own, its own, their own.*

Si (*sin, sia*) refers to the *subject* of the sentence *in which it occurs;* therefore in the sentence "John loves his brother and his son," it must be *"Johano amas sian fraton kaj* sian *filon"* if it is his own (John's) son, because John is the subject, but we must say "*lian* filon" if the brother's son is meant. "*La knaboj alportis al siaj patroj siajn ĉapelojn*" means "The boys brought to their fathers their own (the boys') hats," because "boys" is the subject, but if we mean "the fathers' hats" it must be "*iliajn* ĉapelojn."

"She gave to her sister her book" must be "*Ŝi donis al sia fratino* sian *libron*" if it were her own book, but "Ŝi donis al sia fratino ŝian *libron*" if it were her sister's book. "*Li diris al si . . .*" means "He said to himself," but "*Li diris al li*" means that he said it to another person.

"*Si*," "*sia*," can only *refer to* the subject, it cannot be the subject itself or any part of it; therefore we must say "*Sinjoro P. kaj* lia *edzino tre amas miajn infanojn*," because the subject is "*Sinjoro P. kaj lia edzino.*"

"Mem," self, is only used for emphasis, *e.g.*, "*Mi mem*," my (own) self.

Vocabulary.

gasto, guest.

vespero, evening.

manĝo, meal.

pupo, doll.

aventuro, adventure.

palaco, palace.

ʒorg-, take care of.

gard-, guard.

am-, love.

akompan-, accompany.

lav-, wash.

montr-, show.

fleg-, tend, take care of.

re-ven-, come back.

pri, concerning, about.

ĝis, until, as far as.

tute, quite, wholly.

tute ne, not at all.

kun, with.

el, out of.

el-ir-, go out of.

Mi amas min mem, vi amas vin mem, li amas sin mem kaj ĉiu homo amas sin mem. Mi zorgas pri ŝi tiel, kiel mi zorgas pri mi mem, sed ŝi mem tute ne zorgas pri si, kaj tute sin ne gardas. Miaj fratoj havis hodiaŭ gastojn; post la vespermanĝo niaj fratoj eliris kun la gastoj el sia domo kaj akompanis ilin ĝis ilia domo. Mi lavis min en mia ĉambro, kaj ŝi lavis sin en sia ĉambro. La infano serĉis sian pupon; mi montris al la infano, kie kuŝas ĝia pupo. [Footnote: Notice the use of the present "kuŝas," *lies*, after the past "montris," *showed*, because at the time the action of "showing" took place the action of "lying" was then actually going on.]

Ŝi rakontis al li sian aventuron. Ŝi revenis al la palaco de sia patro. Siajn florojn ŝi ne flegis. Mia frato diris al Stefano, ke li amas lin pli, ol sin mem.

LESSON 8.

The Cardinal Numbers are:—

unu, 1	kvar, 4	sep, 7	dek, 10
du, 2	kvin, 5	ok, 8	cent, 100
tri, 3	ses, 6	naŭ, 9	mil, 1,000

The numbers above 10 are written and read exactly as they are set down in figures:—11, dek unu; 12, dek du; 13, dek tri; 19, dek naŭ. The "tens" are written as one word, 20, dudek; 30, tridek; 90, naŭdek; 23, dudek tri; 47, kvardek sep; 85, okdek kvin; 136, cent tridek ses; 208, ducent (as one word) ok; 359, tricent kvindek naŭ; 1,001, mil unu; 2,877, dumil okcent sepdek sep; 1907, mil naŭcent sep.

Notice that there is a separate word for each figure except 0, nulo.

Vocabulary.

buŝo, mouth.	*kre-*, create.
orelo, ear.	*estu*, should be.
fingro, finger.	*facile*, easily.
horo, hour.	*sankta*, holy.
minuto, minute.	*unuj*, some.
sekundo, second.	*alia*, other.
monato, month.	*ĉio*, everything, all.
semajno, week.	*multe*, much, many.
dato, date (of month, etc.).	*per*, by means of, through, with.
pov-, can, be able.	*nur*, only.
promen-, take a walk.	*malbona*, bad.
konsist-, consist.	*Kristnaska Tago*, Christmas Day.
elekt-, choose, elect.	
forges-, forget.	

Januaro, January.	*Julio*, July.
Februaro, February.	*Aŭgusto*, August.
Marto, March.	*Septembro*, September.
Aprilo, April.	*Oktobro*, October.
Majo, May.	*Novembro*, November.
Junio, June.	*Decembro*, December.

Du homoj povas pli multe fari, ol unu. Mi havas nur unu buŝon, sed mi havas du orelojn. Li promenas kun tri hundoj. Li faris ĉion per la dek fingroj de siaj manoj. El ŝiaj multaj infanoj unuj estas bonaj kaj aliaj malbonaj. Kvin kaj sep faras dek du. Dek kaj dek faras dudek. Kvar kaj dek ok faras dudek du. Tridek kaj kvardek kvin faras sepdek kvin. Mil okcent naŭdek tri. Li havas dek unu infanojn. Sesdek minutoj faras unu horon, kaj unu minuto konsistas el sesdek sekundoj.

8a.

The Ordinal Numbers, first, second, etc., are formed by adding *a* to the Cardinal Numbers, as *unua*, first; *dua*, second; *tria*, third; *kvara*, fourth; *deka*, tenth; *centa*, hundredth; *mila*, thousandth. The compound numbers are joined together by hyphens, and *a* is added to the last, as *dek-unua*, eleventh; *la tridek-naŭa paĝo*, the thirty-ninth page; la *cent-kvardek-kvina psalmo*, the 145th psalm. Being adjectives, the Ordinal Numbers take the plural *j* and accusative *n* when necessary.

The Ordinals are used to tell the hour, as *Estas la trio, horo*, It is 3 o'clock. The Cardinal Numbers are used for the minutes, as "A quarter past three" is *"La tria horo kaj dek-kvin"*; "Ten minutes to five," *"La kvara horo kaj kvindek."*

Januaro estas la unua monato de la jaro, Aprilo estas la kvara, Novembro estas la dek-unua, kaj Decembro estas la dek-dua. La dudeka (tago) de Februaro estas la kvindek-unua tago de la jaro. La sepan tagon de la semajno Dio elektis, ke ĝi estu pli sankta, ol la ses unuaj tagoj. Kion Dio kreis en la sesa tago? Kiun daton ni havas hodiaŭ? Hodiaŭ estas la dudek-sepa (tago) de Marto. Kristnaska Tago estas la dudek-kvina (tago) de Decembro, Novjara Tago estas la unua de Januaro. Oni ne forgesas facile sian unuan amon.

LESSON 9.

The names of certain quantities are formed from the cardinal numbers by adding "o," as *dekduo*, a dozen; *dudeko*, a score; *cento*, a hundred; *milo*, a thousand. These names, as well as names of quantities generally, require to be followed by "da," of, as *dekduo da birdoj*, a dozen (of) birds, but *dekdu birdoj*, twelve birds; *dudeko da pomoj*, a score of apples; *cento da ŝafoj*, or *cent ŝafoj*, a hundred sheep; *milo da homoj*, a thousand people; *miloj da homoj*, thousands of people.

When these expressions form the object of the verb, it is the name of the number which takes-*n*, not the noun which follows *da*, as *Li aĉetis dudekon da ŝafoj*, He bought a score of sheep.

For *firstly, secondly,* etc.,-*e* is added to the number, as *unue,* firstly; *kvine,* fifthly; *deke,* tenthly. (See Lesson 12).

Vocabulary.

urbo, town.	*aĉet-,* buy.
loĝanto, inhabitant.	*dank-,* thank.
kulero, spoon.	*pet-,* beg, request.
forko, fork.	*bezon-,* want, need.
mono, money.	*kost-,* cost.
prunto, loan.	*poste,* afterwards.
metro, metre.	*tiu ĉi,* this.
ŝtofo, stuff.	*por,* for.
franko, franc (about 10d.).	*re-, prefix, meaning* again *or* back.
atakanto, assailant.	*tial,* therefore.
pago, payment.	*aŭ,* or.
miliono, a million.	*da,* of (after a quantity).
prunt-, lend.	

Mi havas cent pomojn. Mi havas centon da pomoj. Tiu ĉi urbo havas milionon da loĝantoj. Mi aĉetis dekduon da kuleroj, kaj du dekduojn da forkoj. Mil jaroj (aŭ, milo da jaroj) faras miljaron.

Unue mi redonas al vi la monon, kiun vi pruntis al mi; due mi dankas vin por la prunto; trie mi petas vin ankaŭ poste prunti al mi, kiam mi bezonos monon.

9a.

To express a certain part or fraction, "-on-" is added to the number specifying what part, as 1/2, unu *duono;* 1/3, unu *triono;* 1/4, unu *kvarono;* 1/10, unu *dekono;* 1/1000 unu *milono;* 1/1000000, unu *milionono.* These words, being nouns, take "*j*" and "*n*" when required—3/10, tri *dekonoj;* 27/200, *dudek-sep ducentonoj;* 19/1000, *deknaŭ milonoj. Mi manĝis tri kvaronojn de la kuko,* I ate three-quarters of the cake (see Lesson 35).

To express so many times a number-obl-is added to the number, as *duobla,* double; *dekoble,* ten times; *trioble kvar estas* (or *faras*) *dekdu,* three times four are twelve; *sepoble ok faras kvindek ses,* seven times eight make fifty-six.

To express *by twos, by tens*, etc.,-op-is added to the number, as *duope*, by twos, or two together; *dekope*, by tens; *kvindekope*, by fifties, fifty together, or fifty at a time.

Tri estas duono de ses, ok estas kvar kvinonoj de dek. Kvar metroj da tiu ĉi ŝtofo kostas naŭ frankojn, tial du metroj kostas kvar kaj duonon frankojn (aŭ da frankoj). Unu tago estas tricent-sesdek-kvinono, aŭ tricent-sesdek-sesono de jaro.

Kvinoble sep estas tridek kvin. Por ĉiu tago mi ricevas kvin frankojn, sed por la hodiaŭa tago mi ricevis duoblan pagon, t.e. (= tio estas) dek frankojn.

Tiuj ĉi du amikoj promenas ĉiam duope. Kvinope ili sin ĵetis sur min, sed mi venkis ĉiujn kvin atakantojn.

LESSON 10.
Verbs (continued),-i,-u.

In the examples already given the verbs ending in-*as,-is,-os* express *action* or *being (state)* going on in present, past, or future time, as *Mi skribas*, I am writing; *Li legis*, He read; *Ni iros*, We shall go.

If we wish merely to express the idea of action or state indefinitely, without reference to any time or any subject, the verb must end in-i, as *Vivi*, To live; *Mi deziras lerni*, I wish to learn; *Ni devas labori*, We must work.

(This is called the INDEFINITE or INFINITIVE Mood (manner of expression), because not limited by reference to time or subject).

To give an *order* or *command*, or to express *will, desire, purpose,* etc., the verb must end in u, as *Donu al mi panon*, Give (to) me bread; *Iru for*, Go away; *Estu feliĉa*, May you be happy! *Vivu la reĝo!* (Long) live the king!

In such cases as Tell *him to come*, I want *you to sing*, Allow *her to speak*, we have to use a second sentence with the verb ending in "*u*," and beginning with "*ke*," that, as *Diru al li, ke li venu*, Tell (say to) him, that he come; *Mi deziras, ke vi kantu*, I wish, that you sing; *Permesu al ŝi, ke ŝi parolu*, Allow her, that she speak. Sentences like the last are often contracted, only the last subject and verb being used, as *Ŝi parolu*, Let her speak; *Ĝi kuŝu*, Let it lie; *Ni iru*, Let us go; *Ili dormu*, Let them sleep. *Ĉu vi volas ke mi tion faru?* Do you wish me to do that? *Ĉu mi tion faru?* Shall I do that?

Vocabulary.

nomo, name.

vesto, coat, clothing.

kandelo, candle.

dometo, cottage.

akvo, water.

spegulo, looking-glass.

est-, be.

tuŝ-, touch.

aŭskult-, listen.

pardon-, pardon.

uz-, use.

ordon-, order.

babil-, chatter.

send-, send.

trink-, drink.

vol-, will, wish.

bat-, beat.

kuraĝ-, have courage

rajd-, ride.

las-, let, leave.

kur-, run.

parol-, speak.

viv-, live, have life.

rest-, rest, remain.

honesta, honest.

inda, worthy.

atenta, attentive.

kara, dear.

gaja, gay, cheerful.

tia, such.

longa, long.

sincera, sincere.

for, away, forth.

forte, strongly.

sole, alone.

Donu al la birdoj akvon, ĉar ili volas trinki. Aleksandro ne volas lerni, kaj tial mi batas Aleksandron. Kiu kuraĝas rajdi sur leono? Mi volis lin bati, sed li forkuris de mi.

Al leono ne donu la manon. Rakontu al mia juna amiko belan historion. Diru al la patro, ke mi estas diligenta. Diru al mi vian nomon. Ne skribu al mi tiajn longajn leterojn. Montru al mi vian novan veston. Infano, ne tuŝu la spegulon. Karaj infanoj, estu ĉiam honestaj. Ne aŭskultu lin.

Li diras, ke mi estas atenta. Li petas, ke mi estu atenta. Ordonu al li, ke li ne babilu. Petu lin, ke li sendu al mi kandelon. La dometo estas inda, ke vi ĝin aĉetu. Ŝi forte deziris, ke li restu viva.

Li venu, kaj mi pardonos al li. Ni estu gajaj, ni uzu bone la vivon, ĉar la vivo ne estas longa. Li ne venu sole, sed alvenu kun sia plej bona amiko. Mi jam havas mian ĉapelon; nun serĉu vi vian.

LESSON 11.
Verbs (continued),-us.

Sometimes we want to express a *supposition*, to say that something *would* take place, supposing that something else, which is not likely to occur, were to do so, or that something *would have* taken place if something else which did not occur had done so. In this case the verb must end with-us, as, If I were well (which I am not) I should be happy (which also I am not), *Se mi estus sana, mi estus feliĉa.* If he knew (supposition) that I am here (a fact) he would immediately come to me (supposition), *Se li scius, ke mi estas tie ĉi, li tuj venus al mi.* Compare the two following sentences:—(i.). *Kvankam vi estas riĉa, mi dubas, ĉu vi estas feliĉa*, Though you are (in fact) rich, I doubt whether you are (in fact) happy, (ii.). *Kvankam vi estus riĉa, mi dubas, ĉu, vi estus feliĉa*, Though (supposing that) you were rich, I doubt whether you would be happy.

Vocabulary.

lernanto, pupil.	*pen-*, endeavour.
leciono, lesson.	*imit-*, imitate,
instruanto, teacher,	*kvazaŭ*, as if.
sci-, know.	*io*, something.
pun-, punish.	*efektive*, really.
estim-, esteem.	*supren*, upwards.
lev-, lift, raise.	*kvankam*, though.
ten-, hold, keep.	*se*, if.

Se la lernanto scius bone sian lecionon, la instruanto lin ne punus. Se vi scius, kiu li estas, vi lin pli estimus. Ili levis unu manon supren, kvazaŭ ili ion tenus. Se mi efektive estus bela, aliaj penus min imiti. Ho! se mi jam havus la aĝon de dekkvin jaroj!

LESSON 12.

When we tell of someone doing a certain action we often want to allude to some circumstance concerning that action, such as the time, or place, or manner in which it was done, that is, when, or where, or how it was done.

In the sentences—Yesterday I met your son, *Hieraŭ mi renkontis vian filon*; He will go in the evening, *Li iros vespere*; They sat there, *Ili sidis tie*; She will remain at home, *Ŝi restos hejme*; Good children learn diligently, *Bonaj infanoj lernas diligente*; I will do it with pleasure, *Mi faros ĝin plezure*, the words *hieraŭ, vespere*, show the time, *tie, hejme*, show the place, and *diligente, plezure*, show the manner of the action.

(Because these words relate to the verb they are called Adverbs).

Adverbs may be formed from any word whose sense admits of it, and especially from adjectives, by means of the termination e, as *bona*, good, *bone*, well; *antaŭ* before, *antaŭe*, previously or formerly; *mateno*, morning, *matene*, in the morning; *sekvi*, to follow, *sekve*, consequently.

When we want the adverb to show "direction towards" any place, time, etc., either actually or figuratively, n is added, as *Li alkuris hejmen*, He ran home. *Ili levis unu manon supren*, They raised one hand upwards. *Antaŭen!* Forward! (*n* is also added to nouns to show direction towards. *Li eniris en la domon*, He entered into the house).

Some adverbs are used with adjectives and other adverbs to show the *degree* of the quality, quantity, etc., as The paper is *very* white, *La papero estas* tre *blanka*. *Too* much speaking tires him, *La tro multa parolado lacigas lin*. I am *as* strong *as* you, *Mi estas* tiel *forta*, kiel *vi* (*estas forta*). He came *very* early, *Li venis* tre *frue*.

The following words are in themselves adverbs, and need no special ending:—

Vocabulary.

hodiaŭ, to-day.
hieraŭ, yesterday.
morgaŭ, to-morrow.
baldaŭ, soon.
ankoraŭ, yet.
jam, already.
ĵus, just (time).
nun, now.
tuj, immediately.
denove, again, anew.
ĉi, denotes proximity.
jen, here, there, lo, behold.
for, away, forth.
pli, more.
plej, most.
plu, further.
tre, very.

tro, too.
tute, quite.
nur, only.
nepre, surely, without fail.
preskaŭ, nearly.
apenaŭ, scarcely.
almenaŭ, at least.
ambaŭ, both.
ankaŭ, also.
ne, not.
jes, yes.
ja, indeed.
eĉ, even.
ĉu, whether, asks a question.
ju ... des, the more ... the more.

Comparisons are made with—

pli . . . ol, more than: *Lakto estas pli nutra ol vino*, Milk is more nutritious than wine.

malpli . . . ol, less than: *Vino estas malpli nutra ol lakto*, Wine is less nutritious than milk.

la plej, the most,

la malplej, the least: *El ĉiuj liaj amikoj Johano estas la plej saĝa, kaj Georgo la malplej saĝa*, Of all his friends John is the wisest, and George the least wise.

Ju pli . . . des pli, the more . . . the more: *Ju pli li lernas, des pli li deziras lerni*, The more he learns, the more he wishes to learn.

Ju malpli . . . des malpli, the less . . . the less: *Ju malpli li laboras, des malpli li ricevas*, The less he works, the less he gets.

Ju pli . . . des malpli, the more . . . the less: *Ju pli li fariĝas granda, des malpli li estas forta*, The taller he becomes, the less strong he is.

Ju malpli . . . des pli, the less . . . the more: *Ju malpli li pensas, des pli li parolas*, The less he thinks, the more he talks.

For comparisons of equality, as . . . as, so . . . as, see Lesson 20.

Vocabulary

pordo, door.	*sav-*, save.
kontrakto, contract.	*daŭr-*, last, continue.
pastro, pastor, priest.	*tranĉ-*, cut.
fero, iron.	*ekrigard-*, glance.
bastono, stick (rod).	*flu-*, flow.
stacio, station.	*ag-*, act (do).
stacidomo, station.	*loĝ-*, live, lodge.
hejmo, home.	*brul-*, burn (as a fire).
furio, fury.	*vetur-*, ride (in a vehicle).
ŝipano, sailor.	*aper-*, appear.
kolero, anger.	*postul-*, require, demand.
honesto, honesty.	*pendig-*, hang (something)
danĝero, danger.	*mort-*, die.
koro, heart.	*malsana*, ill.
oficisto, an official.	*varma*, warm.
reĝo, king.	*varmega*, hot.
balo, ball, dance.	*frua*, early.
humoro, humour.	*plue*, further.
tempo, time.	*returne*, back.
sinjorino, lady, Mrs.	*ĉar*, because, whereas.
ferm-, shut.	

Resti kun leono estas danĝere. La tranĉilo tranĉas bone, ĉar ĝi estas akra. Iru pli rapide. Li fermis kolere la pordon. Lia parolo fluas dolĉe kaj agrable. Ni faris la kontrakton ne skribe, sed parole. Honesta homo agas honeste. La pastro, kiu mortis antaŭ nelonge (antaŭ ne longa tempo), loĝis longe en nia urbo. Ĉu vi ĝin ne ricevis returne? Li estas morte malsana. La fera bastono, kiu kuŝis en la forno, estas brule varmega. Parizo estas tre gaja. Matene frue ŝi alveturis [Footnote: See Lesson 27.] al la stacidomo.

Pardonu al mi, ke mi restis tiel longe. Lia kolero longe daŭris. Li estas hodiaŭ en kolera humoro. La reĝo baldaŭ denove sendis alian bonkoran oficiston. Hodiaŭ vespere ni havos balon. Kie vi estas? For de tie-ĉi!

Kien li forveturis? Ŝi kuris hejmen. Ni iris antaŭen, kiel furioj. Ĉio estis bona, kaj ni veturis pluen. La sinjorino ekrigardis returnen. La ŝipanoj postulis, ke oni iru returnen. Mi ĝin pendigis tien ĉi, ĉar ĝi savis mian vivon. Mi neniam sendis tien ĉi.

LESSON 13.
Mal-,-in-.

In Esperanto certain syllables which have a definite meaning are placed at the beginning (prefixes) or end (suffixes) of words to alter in some way the meaning of those words.

The prefix mal-gives an exactly opposite meaning to the word to which it is prefixed, as *dekstra*, right (hand); *maldekstra*, left (hand); *nova*, new; *malnova*, old; *helpi*, to help, *malhelpi*, to hinder; *fermi*, to shut, *malfermi*, to open.

The suffix-in-denotes the female sex. From *viro*, [Footnote: The word *homo* previously given (Lesson 2) signifies a human being, a person, without reference to sex; *viro* means a man as distinguished from a woman.] a man, we get *virino*, a woman; *filo*, son, *filino*, daughter; *ĉevalo*, a horse, *ĉevalino*, a mare; *koko*, a cock, *kokino*, a hen.

Vocabulary.

kresko, growth.	*ferm-*, shut.
haro, hair (substance).	*help-*, help.
haroj, hair (of head).	*fariĝ-*, become.
nazo, nose.	*dekstra*, right (hand).
vojo, road.	*meza*, middle, medium.
viro, man.	*dika*, thick, stout.
edzo, husband,	*mola*, soft.
nepo, grandson.	*luma*, light (luminous).
nevo, nephew.	*nobla*, noble (character).
bovo, ox.	*rekta*, straight.
vidvo, widower,	*kurba*, curved.
fianĉo, fiancé.	*feliĉa*, happy.
nenio, nothing.	*naskita*, born.
turment-, torment.	*fermita*, shut.
sent-, feel.	*eĉ*, even.
ben-, bless.	*longe*, for a long time.
estim-, have esteem for.	*denove*, anew, again.

Mia frato ne estas granda, sed li ne estas malgranda, li estas de meza kresko. Haro estas tre maldika. La nokto estas tiel malluma, ke ni nenion povas vidi eĉ antaŭ nia nazo. Tiu ĉi malfreŝa pano estas malmola, kiel ŝtono. Malbonaj infanoj amas turmenti bestojn. Li sentis sin tiel malfeliĉa, ke li malbenis la tagon, en kiu li estis naskita. Ni forte malestimas tiun ĉi malnoblan homon. La fenestro longe estis nefermita; mi ĝin fermis, sed mia frato tuj ĝin denove malfermis. Rekta vojo estas pli mallonga, ol kurba. Ne estu maldanka.

La edzino de mia patro estas mia patrino, kaj la avino de miaj infanoj. Mia fratino estas tre bela knabino. Mia onklino estas tre bona virino. Mi vidis vian avinon kun ŝiaj kvar nepinoj, kaj kun mia nevino. Mi havas bovon kaj bovinon. La juna vidvino fariĝis denove fianĉino.

LESSON 14.
Re-,-ad-, ek-.

The prefixes re-and ek-and the suffix-ad-are attached to verbs.

Re-has nearly the same meaning as in English, *back* or *again*, as *re-pagi*, to pay back; *re-porti*, to carry back; *re-ĵeti*, to throw back; *re-salti*, to rebound; *re-kanti* to sing again; *re-legi*, to read over again.

-ad-denotes the continuance or continued repetition of an action; it means *goes on doing*, or *keeps on doing*, or *is in the habit of*, or in the past *used to*, as *spiri*, to breathe, *spirado*, respiration; *movi*, to move, *movado*, continued movement; *fumi*, to smoke, *fumado*, the habit of smoking; *aŭdi*, to hear, *aŭdado*, the sense of hearing.

Ek-has the opposite meaning to-*ad*-; it signifies the beginning of an action, or a short or sudden action, as *kanti*, to sing, *ekkanti*, to begin to sing; *ridi*, to laugh, *ekridi*, to burst out laughing; *krii*, to cry or call, *ekkrii*, to cry out; *iri*, to go, *ekiri*, to set out; *dormi*, to sleep, *ekdormi*, to fall asleep.

Vocabulary.

rivero, river.	*fal-*, fall.
lando, land.	*atend-*, wait for, expect.
seĝo, seat.	*lacig-*, make tired.
daŭro, duration.	*frot-*, rub.
okupo, occupation.	*rigard-*, look.
pluvo, rain.	*elrigard-*, look out of.
vagonaro, train.	*salt-*, jump.
surprizo, surprise.	*rapida*, quick.
diamanto, diamond.	*klara*, clear.
fulmo, lightning.	*lerte*, cleverly.
lumo, a light.	*energie*, energetically.
paf-, shoot.	*kelke*, some.
ĵet-, throw.	*ĉiuminute*, every minute. [See page 84.]
aŭd-, hear.	*tra*, through.

Li donis al mi monon, sed mi ĝin tuj redonis al li. Mi foriras, sed atendu min, ĉar mi baldaŭ revenos. La suno rebrilas en la klara akvo de la rivero. Li reiris al sia lando. Ŝi reĵetis sin sur la seĝon.

En la daŭro de kelke da minutoj mi aŭdis du pafojn. La pafado daŭris tre longe. Lia hieraŭa parolo estis tre bela, sed la tro multa parolado lacigas lin. Li kantas tre belan kanton. La kantado estas agrabla okupo. Per mia mano mi energie lin frotadis. La pluvo faladis per riveroj. Ĉiuminute ŝi elrigardadis tra la fenestro, kaj malbenadis la malrapidan iradon de la vagonaro.

Mi saltas tre lerte. Mi eksaltis de surprizo. Mi saltadis la tutan tagon [Footnote: See Lesson 26 (iii.)] de loko al loko. Kiam vi ekparolis, mi atendis aŭdi ion novan. La diamanto havas belan brilon. Ŝi lasis la diamanton ekbrili. Du ekbriloj do fulmo trakuris tra la malluma ĉielo.

LESSON 15.
Verbs (continued).

In all the examples already given the Subject of the Sentence is the *doer* of the action, but often it is *the one to whom the action is done* who occupies our thoughts, and of whom we wish to speak. This one then becomes the subject, and the form of the Verb is changed. Instead of saying "The police are searching for the thief," "Someone has broken the window," "Someone is going to finish the work to-morrow," we say "The thief is being sought for by the police," "The window has been broken," "The work is going to be finished to-morrow."

(Note the convenience of this form when we do not know or do not wish to mention the doer).

In Esperanto the terminations -ata, *being*, denoting *incompleteness* or *present* time, -ita, *having been*, denoting *completeness* or *past* time, and -ota, *about to be* (going to be), denoting *action not yet begun*, or *future* time, are added to the root of the verb, as *ami*, to love, *amata*, being loved, *amita*, having been loved, *amota*, going to be loved. *La ŝtelisto estas serĉata de la policanoj* [Footnote: *De* is used after these participles to denote the *doer* of the action.], The thief is being searched for by the police. *La fenestro estas rompita*, The window has been broken. *La laboro estas finota morgaŭ*, The work is going to be finished to-morrow.

It will be seen that these words ending in-*ata,-ita,-ota* describe the subject or show the *condition* or *state* in which the subject is, therefore they are adjectival; the thief is a *searched-for* thief, the window was a *broken* window, the work is a *going-to-be-finished* work (compare The work will be *ready* to-morrow). They are called PARTICIPLES, and being adjectival, take *j* when the noun to which they belong is plural.

Mi estas tenata	I am (being) held.
Li estis tenata	He was (being) held.
Ni estos tenataj	We shall be (being) held.
Vi estus tenataj	You would be (being) held.
Ke ili estu tenataj	That they may be (being) held.
Estu tenata	Be (being) held.
Esti tenata	To be (being) held.

Mi estas vidita	I am (in the state of) having been seen, or, I have been seen.
Li estis vidita	He was (in the state of) having been seen, or, he had been seen.
Ni estos viditaj	We shall be (in the state of) having been seen, or, we shall have been seen.
Vi estus viditaj	You would be (in the state of) having been seen, or, you would have been seen.
(Ke) ili estu viditaj	(That) they may be (in the state of) having been seen, or, that they may have been seen.
Esti vidita	To be (in the state of) having been seen, or, to have been seen.

Mi estas laŭdota	I am about (going) to be praised.
Ŝi estis laŭdota	She was about (going) to be praised.
Ni estos laŭdotaj	We shall be about (going) to be praised.
Vi estus laŭdotaj	You would be about (going) to be praised.
(Ke) ili estu laŭdotaj	(That) they should be about (going) to be praised.
Esti laŭdota	To be about (going) to be praised.

Vocabulary.

komercaĵo, commodity.
surtuto, overcoat.
ŝuldo, debt.
ringo, ring.
projekto, project.
inĝeniero, civil engineer.
fervojo, railroad.
preĝo, prayer.
pasero, sparrow.
aglo, eagle.
invit-, invite.
konstru-, construct.

sciig-, inform.
kaŝ-, hide.
pens-, think.
kapt-, capture.
trankvila, quiet.
tuta, all, whole.
grava, important.
ora, golden.
volonte, willingly.
sekve, consequently.
laŭ, according to.

Mi estas amata. Mi estis amata. Mi estos amata. Mi estus amata. Estu amata. Esti amata. Vi estas lavita. Vi estis lavita. Vi estos lavita. Vi estus lavita. Estu lavita. Esti lavita. Li estas invitota. Li estis invitota. Li estos invitota. Li estus invitota. Estu invitota. Esti invitota. Tiu ĉi komercaĵo estas ĉiam volonte aĉetata de mi. La surtuto estas aĉetita de mi; sekve ĝi apartenas al mi. Kiam via domo estis konstruata, mia domo estis jam longe konstruita. Mi sciigas, ke de nun la ŝuldoj de mia filo ne estos pagataj de mi. Estu trankvila, mia tuta ŝuldo estos pagita al vi baldaŭ. Mia ora ringo ne estus tiel longe serĉata, se ĝi ne estus tiel lerte kaŝita de vi. Laŭ la projekto de la inĝenieroj tiu ĉi fervojo estas konstruota en la daŭro de du jaroj;

sed mi pensas, ke ĝi estos konstruata pli ol tri jarojn. Kiam la preĝo estis finita, li sin levis.

Aŭgusto estas mia plej amata filo. Mono havata estas pli grava ol havita. Pasero kaptita estas pli bona, ol aglo kaptota.

LESSON 16.

Another set of participles is used to describe or show the condition or state of the *doer* of the action, namely-anta, denoting *incompleteness* or present time,-inta, denoting *completeness* or past time, and-onta, denoting *action not yet begun*, or future time, as *Sur la arbo staras kantanta birdo (aŭ birdo kantanta)*, On the tree is a singing bird (or a bird singing); *En la venonta somero mi vizitos vin*, In the coming summer I shall visit you; *La pasinta nokto estis tre pluva*, The past night was very wet (rainy).

Mi estas manĝanta	I am (in the act of) eating.
Li estis manĝanta	He was eating.
Ni estos manĝantaj	We shall be eating.
Vi estus manĝantaj	You would be eating.
(Ke) ili estu manĝantaj	(That) they may be eating.
Esti manĝanta	To be eating.
Estu manĝanta	Be (in the act of) eating.
Mi estas teninta	I am (in the state of) having held, or, I have held.
Li estis teninta	He was (in the state of) having held, or, he had held.
Ni estos tenintaj	We shall be (in the state of) having held, or, we shall have held.
Vi estus tenintaj	You would be (in the state of) having held, or, you would have held.

(Ke) ili estu tenintaj	(That) they may be (in the state of) having held, or, (that) they may have held.
Esti teninta	To be (in the state of) having held, or, to have held.

Mi estas dironta	I am about (going) to say.
Li estis dironta	He was about (going) to say.
Ni estos dirontaj	We shall be about (going) to say.
Vi estus dirontaj	You would be about (going) to say.
(Ke) ili estu dirontaj	(That) they may be about (going) to say.
Esti dironta	To be about (going) to say.

The participles are made into nouns by ending them with *o* instead of *a*, as *Kiam Nikodemo batas Jozefon, tiam Nikodemo estas la batanto, kaj Jozefo estas la batato*, When Nicodemus beats Joseph, then Nicodemus is the beater, and Joseph is the one being beaten.

La batanto	The one who is beating.
La batinto	The one who was beating.
La batonto	The one who is about (going) to beat.
La batato	The one who is being beaten.
La batito	The one who has been beaten.
La batoto	The one who is about to be beaten.

Note that the participles which have *n* in the termination refer to the *doer*; they are called *active* participles. Those without *n* refer to the one to whom the action is done; they are *passive* participles.

Vocabulary.

tempo, time.

mondo, world.

lingvo, language.

nombro, number.

legendo, legend.

loko, place.

salono, drawing-room.

eraro, mistake.

soldato, soldier.

strato, street.

pek-, sin.

fal-, fall.

mensog-, tell a lie.

pas-, pass (as time passes).

atend-, wait, expect.

sav-, save, rescue.

danc-, dance.

kred-, believe.

ripet-, repeat.

arest-, arrest.

juĝ-, judge.

konduk-, lead, conduct.

vojaĝ-, travel, journey.

ŝtel-, steal.

ripoz-, rest, repose.

diradis, used to say (tell).

estonta, future (about to be).

vera, true.

intence, intentionally.

facile, easily.

antaŭe, formerly, previously.

dum, while, whilst, during.

neniam, never.

neniu, nobody.

sen, without.

senmove, motionless.

Fluanta akvo estas pli pura, ol akvo staranta senmove. La falinta homo ne povas sin levi. La tempo pasinta jam neniam revenos; la tempon venontan neniu ankoraŭ konas. Venu, ni atendas vin, Savonto de la mondo. En la lingvo Esperanto ni vidas la estontan lingvon de la tuta mondo. La nombro de la dancantoj estis granda. Ĝi estas la legendo, kiun la veraj kredantoj ĉiam ripetas. Li kondukis la vojaĝanton al la loko, kie la ŝtelintoj ripozis. Al homo, pekinta senintence, Dio facile pardonas. La soldatoj kondukis la arestitojn tra la stratoj. Homo, kiun oni devas juĝi, estas juĝoto.

16a.

Nun li diras al mi la veron. Hieraŭ li diris al mi la veron. Li ĉiam diradis al mi la veron. Kiam vi vidis nin en la salono, li jam antaŭe diris al mi la veron (*aŭ*, li estis dirinta al mi la veron). Li diros al mi la veron. Kiam vi venos al mi, li jam antaŭe diros al mi la veron (*aŭ*, li estos dirinta al mi la veron; *aŭ*, antaŭ ol vi venos al mi, li diros al mi la veron). Se mi petus lin, li dirus al mi la veron. Mi ne farus la eraron, se li antaŭe dirus al mi la veron (*aŭ*, se li estus dirinta al mi la veron). Kiam mi venos, diru al mi la veron. Kiam mia patro venos, diru al mi antaŭe la veron (*aŭ*, estu dirinta al mi la veron). Mi volas diri al vi la veron. Mi volas, ke tio, kion mi diris, estu vera (*aŭ*, mi volas esti dirinta la veron).

LESSON 17.

Participles can be used as adverbs *when they refer to the subject*, and *tell some circumstance about the action*, as "Walking along the street, John saw your friend." "Walking along the street" tells the *circumstance* under which the subject, John, saw your friend; therefore "walking" is adverbial—"*Promenante sur la strato, Johano vidis vian amikon.*" If it were the friend who was walking, it must be "*Johano vidis vian amikon, promenantan sur la strato.*"

(Examine in this way the sentences in the following exercise).

Vocabulary.

braceleto, bracelet.	*medit-*, meditate.
ŝtelisto, thief.	*port-*, carry.
vorto, word.	*demand-*, ask.
duko, duke.	*ŝpar-*, save.
juvelo, jewel.	*edziĝ-*, marry.
juvelujo, jewel-case.	*hont-*, be ashamed.
dolaro, dollar.	*ir-*, go.
instruo, instruction.	*profunda*, deep.
planko, floor.	*kelka*, some.
imperiestro, emperor.	*ia*, some (kind), any (kind).
okazo, opportunity, occurrence, chance.	*kredeble*, probably.
serv-, serve.	*trans*, across.
	tio ĉi, this (thing).

Promenante sur la strato, mi falis. Trovinte pomon, mi ĝin manĝis. Li venis al mi tute ne atendite. Li iris tre meditante kaj tre malrapide. Ni hontis, ricevinte instruon de la knabo. La imperiestra servanto eliris, portante kun si la braceleton. Profunde salutante, li rakontis, ke oni kaptis la ŝteliston. Ne dirante vorton, la dukino malfermis sian juvelujon. Laborinte unu jaron, kaj ŝparinte kelkajn dolarojn, mi edziĝis kun mia Mario. Transirinte la riveron, li trovis la ŝteliston. Rigardinte okaze la plankon, ŝi vidis ian libron, forgesitan kredeble de elirinta veturanto.

LESSON 18.
Suffix-ist-.

The suffix-ist-denotes one who occupies himself with or devotes himself to any special thing, as a business or a hobby, as *juĝi*, to judge, *juĝisto*, a judge; *servi*, to serve, *servisto*, a servant; *kuraci*, to treat (as a doctor), *kuracisto*, a doctor; *lavi*, to wash, *lavisto*, a laundryman.

Vocabulary.

boto, boot.
ŝuo, shoe.
maro, sea.
mehaniko, mechanics.
ĥemio, chemistry.
diplomato, diplomatist.
fiziko, physics.
scienco, science.
dron-, be drowned, sink.
verk-, work mentally, write, compose.

transskrib-, transcribe, copy.
kuir-, cook.
veturig-, drive (a carriage, etc.).
tromp-, deceive.
okup-, occupy, employ.
teks-, weave.
diversa(j), various.
simple, simply.
je, (indefinite meaning). [Lessons 26, 40.]

La botisto faras botojn kaj ŝuojn. Ŝtelistojn neniu lasas en sian domon. La kuraĝa maristo dronis en la maro. Verkisto verkas librojn, kaj skribisto simple transskribas paperojn. Ni havas diversajn servantojn—kuiriston, ĉambristinon, infanistinon, kaj veturigiston. Kiu okupas sin je mehaniko estas mehankisto, kaj kiu okupas sin je ĥemio estas ĥemiisto. Diplomatiiston oni povas ankaŭ nomi diplomato, [Footnote: See Lesson 45.] sed fizikiston oni ne povas nomi fiziko, [Footnote: See Lesson 45.] ĉar fiziko estas la nomo de la scienco mem. Unu tagon [Footnote: See Lesson 26.] (en unu tago) venis du trompantoj, kiuj diris, ke ili estas teksistoj.

LESSON 19.
Suffixes-ig-,-iĝ-.

-ig-means *to make* or *cause* someone or something to be or to do that which the word denotes, while-iĝ-means *to become* so or such oneself. Thus from *ruĝa*, red, we get *ruĝigi*, to make (something or someone) red, *ruĝiĝi*, to become red oneself, to blush; *klara*, clear, *klarigi*, to make clear, to explain, *klariĝi*, to become clear; *sidi*, to sit, to be sitting, *sidigi*, to cause someone to sit, *sidiĝi*, to become seated, to sit down; *kun*, with, *kunigi*, to connect, *kuniĝi*, to become connected with; *devi*, to have to (must), *devigi*, to compel; *fari*, to do or make, *fariĝi*, to become; *for*, away, *forigi*, make (go) away.

Vocabulary.

printempo, spring.	*kapo*, head.
glacio, ice.	*botelo*, bottle.
vetero, weather.	*dev-*, have to, must.
broso, brush.	*kurac-*, treat as a doctor.
relo, rail.	*pren-*, take.
rado, wheel.	*pend-*, hang.
ĉapo, bonnet, cap.	*blov-*, blow.
arbeto, little tree.	*ekbrul-*, begin to burn.
vento, wind.	*rid-*, laugh.
branĉo, branch.	*romp-*, break.
vizaĝo, face.	*fluida*, fluid.
kuvo, tub.	*kota*, dirty, muddy.
kolego, companion, colleague	*natura*, natural.
Hebreo, Hebrew.	*seka*, dry.
Kristano, Christian.	*tamen*, however, nevertheless, yet.

Oni tiel malhelpis al mi, ke mi malbonigis mian tutan laboron. Forigu vian fraton, ĉar li malhelpas al ni. Venigu la kuraciston, ĉar mi estas malsana.

Li venigis al si el Berlino multajn librojn (multe da libroj).

Li paliĝis de timo, kaj poste li ruĝiĝis de honto. En la printempo la glacio kaj la neĝo fluidiĝas. En la kota vetero mia vesto forte malpuriĝis; tial mi prenis broson kaj purigis la veston. Mia onklo ne mortis per natura morto, sed li tamen ne mortigis sin mem, kaj ankaŭ estis mortigita de neniu; unu tagon, [Footnote: See Lesson

26, Note iii.] promenante apud la reloj de fervojo, li falis sub la radojn de veturanta vagonaro, kaj mortiĝis. Mi ne pendigis mian ĉapon sur tiu ĉi arbeto; sed la vento forblovis de mia kapo la ĉapon, kaj ĝi, flugante, pendiĝis sur la branĉoj de la arbeto. Sidigu vin (aŭ, sidiĝu), sinjoro!

Lia malgaja vizaĝo ridigis lian amikon. La tutan nokton ili pasigis maldorme, kaj ekbruligis pli ol dekses kandelojn. Mi senvestigis la infanon de liaj noktaj vestoj, kaj starigis lin en la kuvon; poste mi sekigis lin. Li amikiĝis kun malbonaj kolegoj. Malriĉa hebreo volis kristaniĝi. La botelo falis kaj rompiĝis. Ŝi fariĝis lia edzino. Iom post iom, ŝi tute trankviliĝis.

* * * * *

NOTES.

1.—In *pluvas*, it rains; *tondras*, it thunders; *estas bela tago*, it is a fine day; *estas bele*, it is fine; *estas vere, ke . . .*, it is true that . . ., etc., "it" is left out, because it does not stand for any "thing." The adverbs *bele*, *vere*, are used because no "thing" is mentioned.
2.—*Ni havas freŝajn lakton kaj panon* means *Ni havas freŝan lakton kaj freŝan panon*, We have new milk and new bread. *Ni havas freŝan lakton kaj panon* means We have bread and new milk.
3.—*La angla, franca kaj germana lingvoj estas malfacilaj*, The English, French and German languages are difficult. *Angla, franca, germana* do not take "j" because each refers to only one language, while *malfacilaj* refers to all those mentioned.

LESSON 20.

The words *ia, tia; kial, tial; kiam, ĉiam, neniam; kie, kiel, tiel; io, kio, tio, ĉio, nenio; kiu, ĉiu, neniu*, have already been met with. They belong to a series whose use will best be seen from the following examples:—

ia denotes kind or quality. Kia *floro estas la plej bela?* Ia *kaj* ĉia *floro estas bela*, nenia *estas malbela. Mi admiras la rozon;* tia *floro la plej plaĉas al mi. What (kind of)* flower is the most beautiful? *Any kind* and *every kind* of flower is beautiful, *no kind* is ugly. I admire the rose, *that kind of* flower pleases me the most.

ial, motive, reason. Kial *li iros en Parizon? Mi ne scias;* ial *li foriros, sed* ĉial *estus pli bone resti en Londono. Li deziras foriri,* tial *li foriros. Why* is he going (will he go) to Paris? I know not; *for some reason* he is going, but *for every reason* (on every account) it would be better to remain in London. He wishes to go, *therefore* (for that reason) he will go.

iam, time. Kiam *vi venos min viziti?* Iam *mi venos,* kiam *mi havos libertempon; vi* ĉiam *havas libertempon, mi* neniam. *Postmorgaŭ estos festo,* tiam *mi venos. When* will you come to visit me? *Sometime* I will come, *when* (at what time) I shall have a holiday; you *always* (at all times) have a holiday, I *never* (at no time). (The day) after to-morrow will be a festival (a general holiday); I will come *then* (at that time).

ie, place. Kie *estas mia ĉapelo? Ĝi devas esti* ie, *sed mi serĉis ĝin* ĉie, *kaj* nenie*mi povas trovi ĝin. Ha, nun mi ekvidas ĝin* tie. *Where* is my hat? It must be *somewhere*, but I have looked for it *everywhere*, and *nowhere* can I find it. Ha, now I see it *there*.

iel, manner. Kiel *vi faros tion ĉi? Mi ne scias; mi* ĉiel *provis ĝin fari, sed mi* neniel *sukcesis. Johano sukcesis* iel; *eble li faris ĝin* tiel. *How* will you do this? I do not know; I have tried in every way to do it, but I have *in no way* (not at all) succeeded. John succeeded *in some way* (somehow); perhaps he did it *so (in such a way)*.

ies, possession. Kies *devo estas tio ĉi? Eble ĝi estas* ties; *sendube ĝi estas* ies. Ĉies *devo estas* nenies. *Whose* duty is this? Perhaps it is *that one's (person's)*; doubtless it is *somebody's. Everybody's* duty is *nobody's*.

io, thing. Kio *malplaĉas al vi? Nun* nenio *malplaĉas al mi,* ĉio *estas bona. Antaŭ tri tagoj* io *tre malplaĉis al mi, sed mi ne parolas pri* tio *nun. What* displeases you? Now *nothing* displeases me, *all* is well. Three days ago *something* greatly displeased me, but I am not speaking about *that* now.

iom, quantity. Kiom *da mono vi bezonas? Mi havas* tiom, *mi povas prunti al vi* iom, *sed ne* ĉiom. *Se mi pruntus al vi* ĉiom, *mi mem havus* neniom. *How much* money do you need ? I have *so much (that quantity)*, I can lend you *some*, but not *all*. If I were to lend you *all*, I myself should have *none*.

iu denotes individuality, person, or thing specified. Kiu *estis ĉe la balo?* Ĉiu, kiu *estis invitita, estis tie*, neniu *forestis*. Iu, kiun *mi mem ne konas, venis kun* tiu kiu *vizitis vin hierau*. *Who* was at the ball? *Everybody who* had been invited was there, *nobody* was absent. *Somebody, whom* I myself do not know, came with *that person who* visited you yesterday.

It will be seen from these examples that the words beginning with K either *ask questions* or *refer* to some person or thing before mentioned. Those beginning with T point to a *definite* time, place, etc. Those with Ĉ signify *each* or *every*, and in the plural *all*. Those without a letter prefixed are *indefinite*, meaning some or any; and those with nen-are *negative*, meaning *no, none*.

The words ending in "*id*" and those in "*iu*" can take the plural *j* and accusative *n*.

The words in *io* take *n*, but the sense does not permit of their taking *j*.

The words in *ie* take the *n* denoting direction.

The word *ĉi*, signifying nearness, is used with the *T* series (words meaning *that*), to denote the one near *i.e., this*, as *Tio ĉi*, this thing; *Tiu ĉi*, this person; *Tie ĉi*, or, *ĉi tie*, here, etc.

The word *ajn*, ever, is used with the *K* series to give a more inclusive and wider meaning, as *Kio ajn*, whatever; *Kiu ajn*, whoever; *Kiam ajn*, whenever; *Kiom ajn*, however much.

Comparisons of equality are made with the words—

tiel . . . kiel, as *Vi estas* tiel *forta*, kiel *mi*, You are *as* strong *as* I.

tia . . . kia, as *Tia domo*, kia *tiu, estas malofta, Such* a house *as* that is rare.

sama . . . kia, as *Mia bastono estas* tia sama, kia *la via*, My stick is *the same as* yours.

sama . . . kiel, as *Ĝia uzado estas* tia sama, kiel *en la aliaj lingvoj*, Its use is *the same as* in the other languages. *Vi ĉiam laboradas al tiu* sama *celo*, kiel *mi*, You are always working towards that *same* end (aim) *as* I.

Any of the above series of words whose sense admits of it can be used as adjectives, adverbs, etc., and in combination with prefixes, suffixes, or other words, as *ĉiama*, continual, eternal; *tiea*, of that place. *Kioma* is used for asking the time, as *Kioma horo estas*? What time is it?

CORRELATIVE WORDS.

	* INDEFINITE *Some, any.*	K QUESTIONING RELATIVE. *What, which.*	T DEFINITE. *That.*	Ĉ INCLUSIVE. *Each, every, all.*	Nen- NEGATIVE. *No, none.*
QUALITY Kind of	Ia Some kind Any kind	Kia What kind	Tia That kind Such	Ĉia Each kind Every kind	Nenia No kind
MOTIVE Reason Purpose	Ial For some reason For any reason	Kial For what reason Why	Tial For that reason Therefore	Ĉial For each reason For every reason	Nenial For no reason
TIME	Iam Sometime Any time	Kiam At what time When	Tiam At that time Then	Ĉiam Each time Every time Never Always	Neniam At no time
PLACE	Ie In some place Somewhere Anywhere	Kie At what place Where	Tie At that place There	Ĉie At each place At every place Everywhere	Nenie At no place Nowhere
MANNER	Iel In some way In any way Somehow, anyhow	Kiel In what way How As, like	Tiel In that way So	Ĉiel In each way In every way	Neniel In no way Nohow
POSSESSION	Ies Someone's Anyone's	Kies What person's Whose	Ties That one's	Ĉies Each one's Everyone's	Nenies No one's
THING	Io Something Anything	Kio What thing What	Tio That thing	Ĉio Everything	Nenio Nothing
QUANTITY	Iom Some (of the quantity)	Kiom What quantity How much	Tiom That quantity So much	Ĉiom Every quantity All of the quantity	Neniom None of the quantity

INDIVIDUALITY Iu	Kiu	Tiu	Ĉiu	Neniu
Someone	What person	That person	Each person	No one
Anyone	Which thing	That (specified)	Everyone	Nobody
	Who, Which	thing	Ĉiuj = all, all the …	

Vocabulary.

ankro, anchor.	*prov-*, attempt, try.
maniero, manner, way.	*sukces-*, succeed.
riproĉo, reproach.	*perd-*, lose.
konscienco, conscience.	*merit-*, deserve.
propono, proposal, offer.	*kompren-*, understand.
rando, edge.	*libera*, free.
ŝipo, ship.	*certa*, certain, sure.
dubo, doubt.	*utila*, useful.
demando, question.	*fremda*, strange.
admir-, admire.	*necesa*, necessary.
plaĉ-, be pleasing.	*ekster*, beyond, outside.
supoz-, suppose.	

Ia. La maro estas tie pli profunda, ol povas atingi ia ankro. En ia maniero. Sen ia riproĉo de konscienco. Mi scias, en kia loko mi certe lin trovos. Kia estas la vetero? Kian malbonon mi al vi faris? Tiamaniere li faris ĉion. Li invitis lin veni en tian kaj tian lokon. Ne ĉia birdo kantas. Ekster ĉia dubo. Nenia homo meritas tian punon. Tiaj libroj estas malutilaj. Iafoje li vizitas nin.

Ial. Ial li ne povis dormi. Kial vi ne respondas al mi? Mi ne komprenis vian demandon, tial mi ne respondis. La homoj ne komprenas unu la alian, kaj tial ili tenas sin fremde. Ĉial tio estas la plej bona.

Iam. Mi iam vin amis. Kio vivas, necese devas iam morti. Kiam vi foriros? En la luna nokto, kiam ĉiuj dormis, tiam ŝi sidis sur la rando de la ŝipo. Estu por ĉiam benata! Ŝi antaŭe neniam vidis hundon.

Vocabulary 20a.

mono, money.
monujo, purse.
juneco, youth.
reto, net.
ideo, idea.
gajno, gain.
taŭg-, be fit, suitable.
fart-, be, fare (as to health).

monto, mountain.
ganto, glove.
opinio, opinion.
voĉo, voice.
prezid-, preside.
alpren-, adopt.
stranga, strange, curious.
komprenebla, understandable.
subita, sudden.

Ie. Kie estas la knaboj? Kien vi iris? Mi restas tie ĉi. Li perdis sian monujon ie en la urbo, sed kie li perdis ĝin, li ne scias. Mi volonte el tie venis tien ĉi. Li petis ŝin, ke ŝi diru al li, de kie si venas. [Footnote: See note in Lesson 17.] Por la juneco ĉie staras retoj. Ĉie estas floroj, kaj nenie oni povas trovi pli belajn.

Iel. Kiel bela! Ĉu mi taŭgas kiel reĝo? Tiel finiĝis la feliĉa tago. Ili brilis kiel diamantoj. Kiel vi fartas? Iel li malkomprenis min. Mia edzino pensis tiel same, kiel mi. Mi neniel povas kompreni, kion vi diras. Tre stranga kaj neniel komprenebla! Mi elektis lin kiel prezidanto. Mi elektis lin kiel prezidanto*n*.

Ies. Kies ganto tiu ĉi estas? Mi neniam alprenas ties opinion. Subite ŝi ekaŭdis ies fortan malagrablan voĉon. Ĉies ideo estas diversa. Bona amiko, sen kies helpo li neniam ekvidus tiun ĉi landon. Ies perdo ne estas ĉiam ies gajno. Ies perdo estas ofte nenies gajno.

Vocabulary 20b.

ornamo, ornament.
pupilo, pupil (of eye).
centimo, centime.
forto, strength, power.
nesto, nest.
Fortuno, fortune.
funto, pound (weight or money).
lango, tongue.
gusto, taste.
okulo, eye.

ĥino, Chinese.
decido, decision.
ced-, give up, yield, cede.
forlas-, forsake, leave.
prudenta, reasonable, prudent.
firma, firm, stable.
sterlinga, sterling.
kontraŭ, against, opposite.
pro, for, owing to.

Io. Mi sentas, ke io okazas. Neniam mi ion al vi donis. Mi volas fari al vi ion bonan. Kio tio ĉi estas? Kia ornamo tiu ĉi estas? Kion mi vidas? Tio ĉi estas ĉio, pri kio mi parolis. Mi nenion cedos al vi. Nenion faru kontraŭ la patrino. Antaŭ ĉio estu fidela al vi mem. Ŝi eksentis ion tian, kion ŝi mem komence ne povas kompreni.

Iom. Ŝi parolis iom kolere. La pupiloj de la okuloj iom post iom malgrandiĝis. Kiu estas tiom senprudenta, ke li povas ĝin kredi? Kiom da mono vi havas? Mi havas neniom. Donu al mi tiom da akvo, kiom da vino.

Iu. Iu venas; kiu ĝi estas? Ĉu iu kuraĝus tion fari? Ĉiu penis sin savi, kiel li povis. Lingvo, en kiu neniu nin komprenos. Neniu el ili povis savi la dronanton. Li al neniu helpis iam eĉ per unu centimo. Ni iros ĉiuj kune. Mi konas neniun en tiu urbo. Tio ĉi estas super ĉiuj homaj fortoj.

20c.

De kie mi veturas, kien kaj pro kio, mi nur povas respondi: mi ne scias. Oni petis lin atendi iom kun lia forveturo. Tiuj ĉi nestoj ofte estas pli grandaj, ol la dometoj de la tieaj homoj. Li forveturis kun firma decido forlasi por ĉiam tiun ĉi sendankan landon. Se iu tion vidus, li malbenus la Fortunon. Mi donus cent funtojn sterlingajn, se bova lango povus havi por mi tian bonan guston kiel por vi. Kioma horo (estas)? Baldaŭ la dekdua (horo).

LESSON 21.
Suffixes -eg-, -et-.

The suffixes -eg- and -et- are opposites; -eg- denotes a great size or degree, and -et- a small size or degree, of that which the word signifies, as *domo*, a house, *domego*, a mansion, *dometo*, a cottage; *ŝnuro*, a cord, *ŝnurego*, a rope, *ŝnureto*, a string; *monto*, a mountain, *montego*, a huge mountain, *monteto*, a hill; *ami*, to love, *amegi*, to idolise, *ameti*, to have a liking for; *ridi*, to laugh, *ridegi*, to shout with laughter, to guffaw, *rideti*, to smile.

*-eg-*and-*et*-denote a greater or smaller size or degree than is expressed by *very large* or *very small*. The adjective *ega* means *enormous, huge,* and *eta* means *tiny*.

Vocabulary.

arbaro, a wood.	*somero*, summer.
bruo, noise.	*kampo*, field.
kaleŝo, carriage.	*piedego*, paw.
korto, courtyard.	*forir-*, go away.
piedo, foot.	*murmur-*, murmur.
teruro, terror.	*varma*, warm.
militistaro, army.	*densa*, dense.
serio, series.	

En varmega tago mi amas promeni en arbaro. Kun bruo oni malfermis la pordegon, kaj la kaleŝo enveturis en la korton. Tio ĉi estas jam ne simpla pluvo, sed pluvego. Grandega hundo metis sur min sian antaŭan piedegon, kaj mi de teruro ne sciis, kion fari. Antaŭ nia militistaro staris granda serio da pafilegoj. En tiu nokto blovis terura ventego. Kun plezurego. Li deziregis denove foriri.

Tuj post la hejto la forno estis varmega, post unu horo ĝi estis nur varma, post du horoj ĝi estis nur iom varmeta, kaj post tri horoj ĝi estis jam tute malvarma. Mi aĉetis por la infanoj tableton kaj kelke da seĝetoj. En nia lando sin ne trovas montoj, sed nur montetoj. En somero ni trovas malvarmeton en densaj arbaroj. Li sidas apud la tablo kaj dormetas. Mallarĝa vojeto kondukas tra tiu ĉi kampo al nia domo. Sur lia vizaĝo mi vidis ĝojan rideton. Antaŭ la virino aperis malgranda, beleta hundo. Pardonu, li murmuretis.

LESSON 22.
Suffix-il-.

The suffix-il-denotes the *instrument* by means of which something is done, as *razi*, to shave, *razilo*, a razor; *rigli*, to bolt, *riglilo*, a bolt; *butero*, butter, *buterilo*, a churn; *kuraci*, to treat (as a doctor), *kuracilo*, a medicine.

Vocabulary.

viando, meat, flesh.
poŝo, pocket.
korko, cork (substance).
arĝento, silver.
telero, plate.
sano, health.
butero, butter.
hak-, chop, hew.
seg-, saw.
fos-, dig.
kudr-, sew.
tond-, clip, shear.

komb-, comb.
ŝtop-, stop up.
ŝlos-, lock.
glit-, glide, slide.
direkt-, direct, steer.
difekt-, damage.
montr-, show.
pes-, weigh something.
tir-, draw, pull.
vetur-, drive (in a vehicle).
frosta, frosty.
magneta, magnetic.

Per hakilo ni hakas, per segilo ni segas, per fosilo ni fosas, per kudrilo ni kudras, per tondilo ni tondas. La trančilo estis tiel malakra, ke mi ne povis tranĉi per ĝi la viandon, kaj mi devis uzi mian poŝan tranĉilon. Ĉu vi havas korktirilon, por malŝtopi la botelon? Mi volis ŝlosi la pordon, sed mi perdis la ŝlosilon. Ŝi kombas al si la harojn per arĝenta kombilo. En somero ni veturas per diversaj veturiloj, kaj en vintro per glitveturilo. Hodiaŭ estas bela frosta vetero; tial mi prenos miajn glitilojn kaj iros gliti. La direktilisto de "Pinta" difektis la direktilon. La magneta montrilo. La unua montrilo en la plej multaj malsanoj estas la lango. Li metis ĝin sur la teleron de pesilo.

LESSON 23.
Suffixes-an-,-estr-.

The suffix-an-signifies a *member*, an *inhabitant* of a country, town, etc., or a member of a party, society, religion, etc. *Eŭropano*, a European; *Londonano*, a Londoner; *urbo*, a town or city, *urbano*, a citizen; *klubo*, a club, *klubano*, a member of a club. *Ano*, a member.

-estr-denotes the *head* of a State, town, society, etc. *Regno*, a State, *regnestro*, a ruler of a State; *urbestro*, the head of a town, a mayor; *lernejo*, a school, *lernejestro*, the principal or head master of a school; *imperio*, an empire, *imperiestro*, an emperor.

Vocabulary.

Parizo, Paris.
regno, State.
imperio, empire.
polico, police.
Kristo, Christ.
Lutero, Luther.
Kalvino, Calvin.
germano, German.
franco, Frenchman.
Rusujo, Russia.
provinco, province.
religio, religion.
regimento, regiment.
lokomotivo, engine.
loĝio, box (opera),
lodge (freemason, etc.).

vilaĝo, village.
obe-, obey.
konfes-, confess, avow,
acknowledge, profess
(a religion, etc.).
enir-, enter.
ruza, sharp (cunning).
sufiĉa, sufficient.
ordinara, ordinary.
naiva, simple.
saĝa, wise.
severa, strict, severe.
justa, just, righteous.
egala, equal.
fiera, proud.
energia, energetic.

La ŝipanoj devas obei la ŝipestron. Ĉiuj loĝantoj de regno estas regnanoj. Urbanoj estas ordinare pli ruzaj, ol vilaĝanoj. La Parizanoj estas gajaj homoj. Nia urbo havas bonajn policanojn, sed ne sufiĉe energian policestron. Luteranoj kaj Kalvinanoj estas Kristanoj. Germanoj kaj francoj, kiuj loĝas en Rusujo, estas Rusujanoj, kvankam ili ne estas rusoj. Li estas nelerta kaj naiva provincano. La loĝantoj de unu regno estas samregnanoj, la loĝantoj de unu urbo estas samurbanoj, la konfesantoj de unu religio estas samreligianoj. Tiuj, kiuj havas la samajn ideojn, estas samideanoj.

La regnestro de nia lando estas bona kaj saĝa reĝo. Nia provincestro estas severa, sed justa. Nia regimentestro estas por siaj soldatoj kiel bona patro. Ili estas egale fieraj, kiel domestrino pri sia domo. Sur la lokomotivo la lokomotivestro sidis sola. La imperiestro, akompanata de la imperiestrino, ĵus eniris en sian loĝion.

LESSON 24.
Suffixes-ar-,-er-.

The suffix-ar-signifies a collection of the persons or things named, as *arbo*, a tree, *arbaro*, a wood; *homo*, a human being, *homaro*, mankind; *militisto*, a soldier (from *milito*, war), *militistaro*, an army; *vorto*, a word, *vortaro*, a dictionary (*vortareto*, a vocabulary); *aro*, a flock, *anaro*, a company, troop.

-er-signifies a particle, or one of things of which the name denotes a mass, as *greno*, corn, *grenero*, a grain of corn ; *polvo*, dust, *polvero*, a speck of dust; *pulvo*, gunpowder, *pulvero*, a grain of gunpowder; *hajlo*, hail, *hajlero*, a hailstone; *neĝo*, snow, *neĝero*, a snowflake; *koto*, mud, *kotero*, a speck of mud or dirt.

Vocabulary.

pulvo, gunpowder.	*ŝafo*, a sheep.
ŝtupo, step, stair.	*fajro*, fire.
tegmento, roof.	*met-*, put, set.
herbo, grass.	*paŝt-*, feed (cause to feed),
bruto, brute, beast, head of cattle.	pasture.
lano, wool.	*sekv-*, follow.
persono, person.	*bar-*, bar (obstruct).
floreno, florin.	*batal-*, battle, fight.
ŝilingo, shilling.	*eksplod-*, explode.
penco, penny.	*brava*, brave.
glaso, a glass (tumbler).	*kruta*, steep.
brando, brandy.	*hispana*, Spanish.
tuko, a cloth.	*vasta*, vast, spacious.
telertuketo, serviette.	*precipe*, chiefly, particularly.
[Footnote: See Lesson 45.]	*preskaŭ*, almost.
ŝnuro, cord.	*inter*, between, among.
sablo, sand.	

Nia lando venkos, ĉar nia militistaro estas granda kaj brava. Sur kruta ŝtuparo li levis sin al la tegmento de la domo. Mi ne scias la lingvon hispanan, sed per helpo de vortaro hispana-germana mi tamen komprenis iom vian leteron. Sur tiuj ĉi vastaj kaj herboriĉaj kampoj paŝtas sin grandaj brutaroj, precipe aroj da bellanaj ŝafoj. La vagonaro konsistis preskaŭ nur el personvagonoj. Oni metis antaŭ mi manĝilaron, kiu konsistis el telero, kulero, tranĉilo, forko, glaseto por brando, glaso por vino kaj telertuketo. Sur la maro staris granda ŝipo, kaj inter la ŝnuregaro sidis ĉie ŝipanoj. Lia sekvantaro staris en la posto de la loĝio. Mallumaj montegaroj baras la vojon.

Floreno, ŝilingo kaj penco estas moneroj. Sablero enfalis en mian okulon. Unu fajrero estas sufiĉa por eksplodigi pulvon.

LESSON 25.
Suffix-ul-.

The suffix-ul-denotes a person characterised by the quality, etc., which the word expresses, as *justa*, just, righteous, *justulo*, one who is just; *babili*, to chatter, *babilulo*, one who chatters, a babbler; *avara*, avaricious, *avarulo*, a miser; *kun*, with, *kunulo*, a companion.

Vocabulary.

legendo, legend.	*entrepren-*, undertake.
ombro, shadow.	*propra*, own.
rajto, right, authority.	*avara*, avaricious.
profeto, prophet.	*potenca*, powerful.
mensogo, a lie.	*infekta*, infectious.
tagmanĝ-, dine.	*ĉe*, at, with.

Malriĉa saĝulo tagmanĝis ĉe avara riĉulo. Malsaĝulon ĉiu batas. Li estas mensogisto kaj malnoblulo. Timulo timas eĉ sian propran ombron. Tiu ĉi maljunulo tute malsaĝiĝis kaj infaniĝis. Unu instruitulo entreprenis gravan sciencan laboron. Nur sanktuloj havas la rajton enveni tien ĉi. Li sola estas la grandulo, la potenculo. Ĝi ne estas la legendo pri la belulino Zobeido. Post infekta malsano oni ofte bruligas la vestojn de la malsanulo. La malbeno de la profeto staras super la kapo de maldankulo. Post kelkaj minutoj la kuraĝulo eliris. Ĉiuj sanktuloj, helpu!

LESSON 26.

The following words, which have already been used in the previous lessons, are always placed before *nouns* or *pronouns*, to show the relation (of position, etc.) between the thing for which the noun stands and another thing or an action.

al, to, towards.
apud, beside, near, by.
da, of (indefinite quantity).
de, of from, by.
el, out of.
en, in, into, within.
ekster, outside.
ĝis, until, till, as far as.
inter, between, among.
kontraŭ, against, opposite.
kun, (in company) with.

laŭ, according to.
per, by means of, with.
post, after, behind.
pri, concerning, about.
por, for, for the sake of.
sen, without.
super, above, over.
sur, on, upon.
tra, through.
trans, across, on the other side.
je, (has no definite meaning).

(*These words are called* PREPOSITIONS, *which means* placed before).
The other simple prepositions are—

anstataŭ, instead of.
antaŭ, before.
ĉe, at, with.
ĉirkaŭ, about, around.
krom, besides, except.
malgraŭ, notwithstanding, in spite of.

po, at the rate of.
pro, for (cause), owing to.
preter, past, beyond, by.
spite, in despite of.
sub, under.

The prepositions *anstataŭ*, *antaŭ* (*ol*), and *por* are also used before Infinitive verbs, as *anstataŭ diri*, instead of saying (to say); *antaŭ ol paroli*, before speaking; *por lerni*, in order to learn.

In Esperanto all the prepositions except "je" have a definite meaning, and care must be taken to use the one which conveys the exact sense. The same word cannot be used for "with" in the two sentences "He went with his father" and "He cut it with a knife," or for "about" in "He spoke about his child" and "They stood about the stove." In the first example "with" his father is "kun", in company with, *Li iris* kun *sia patro*, and "with" a knife is "per", by means of, *Li tranĉis ĝin* per *tranĉilo*. "About," in "about his child," is "pri," concerning, *Li parolis* pri *sia infano*, but "about," in "about the stove," is "ĉirkaŭ," around, *Ili staris* ĉirkaŭ *la forno*.

When we cannot decide which is the correct preposition to use in any case, we may use "je," the only preposition which has no special meaning of its own, or the preposition may be left out altogether, and "n" added to the noun or pronoun, provided that no want of clearness ensue (see Lesson 27), as *Mi ridas* pro *lia naiveco*, or, *Mi ridas* je *lia naiveco*, or, *Mi ridas lian naiveco*n, I laugh at his simplicity.

When we wish to express "motion towards" something, and the preposition does not of itself express it, *n* is added to the noun or pronoun, as in the case of adverbs (see Lesson 12), *Li estas en la domo*, He is in the house; but, *Li iras en la domon*, He is going into the house.

NOTE.—There are three cases in which the noun or pronoun takes *n*. (i.). When it is the *direct object* of the verb, as *Mi vidis lin*, I saw him. (ii.). To show *direction*, as *Li iris en la ĝardenon*, He went into the garden. (iii.). When the *preposition* is *left out*. This is usually done in the case of *dates* and expressions signifying *duration* of time, as *Georgo Vaŝington estis naskita la dudek-duan de Februaro de la jaro mil sepcent tridek du*, George Washington was born the 22nd of February, 1732. *Vi restos tie ĉi la tutan vivon (dum la tuta vivo)*, You will remain here your (the) whole life.

All the prepositions whose meaning allows of it can be used as adjectives, adverbs, etc., by adding the proper endings, as from *antaŭ*, before, we get *antaŭa*, former, *antaŭe*, formerly or previously, *antaŭen*, forward.

Prepositions are also joined to other words, and to prefixes or suffixes, as *antaŭdiri*, to foretell; *apudmara urbo*, a seaside town; *senigi*, to deprive of.

Sometimes the preposition is both prefixed to the verb and used after it before the noun, as *Li eliris el la domo, kaj eniris en la ĝardenon*, He went out of the house, and entered into the garden.

LESSON 27.
Al.

Al signifies *to* or *towards* a person or place. It is also used before the noun or pronoun which signifies *person* after such verbs as *give, tell*, etc., which take two objects in different relations to the verb, as—Give (to) him the book, *Donu al li la libron*. Tell (to) him the truth, *Diru al li la veron*. Write (to) him a letter, *Skribu al li la leteron*. In such cases we can say *Pardonu lin*, Pardon him, if the "thing" object is not mentioned, but we cannot say *Pardonu lin la kulpon*, Forgive him his fault; it must be *Pardonu al li la kulpon*. The pronoun with "al" is sometimes used instead of the possessive (pronoun) adjective *mia*, etc., as *Mi tranĉis al mi la fingron*, for *Mi tranĉis mian fingron*, I cut my finger. *"Ŝi kombis al si la harojn,"* instead of *"Ŝi kombis siajn harojn,"* She combed her hair.

Al is frequently used as a prefix as well as after the verb, as *aldoni*, to add; *alpreni*, to adopt; *aliĝi*, to adhere; *aljuĝi*, to award.

Vocabulary.

sorĉisto, sorcerer.	*promes-*, promise.
detranĉ-, cut off.	*ambaŭ*, both.

Ŝi revenis al la palaco de sia patro. Ili ambaŭ iris al la urbestro. Ĉu mi ne faris al vi bonon? Ŝi nenion al ili rakontis. Ŝi skribis al li leteron. Ĉiutage li instruas al la homoj ion, kion ili ne scias. Ili flugis al la suno. Unu fratino promesis al la alia rakonti al ŝi, kion ŝi vidis kaj kio la plej multe plaĉis al ŝi en la unua tago. Eble li al vi pardonos. Ŝi ne kredis al siaj propraj oreloj. Li ne sciis, ke al ŝi li devas danki la vivon. Si savis al li la vivon. La sorĉistino detranĉis al la virineto de maro la langon.

LESSON 28.
Ĉe. Apud.

Ĉe indicates a certain *place, time*, or *point of thought, discourse*, etc., as, *Li estis ĉe mia patro*, He was with my father, or at my father's house. *Ĉe la momento*, At the moment. *Li estis ĉe la pordo*, He was at the door, *Ĉeesti*, To be present.

Apud means *close by, beside*. It applies to place only, as *La knabo staris apud la patro*, The boy stood by, or beside, the father.

Vocabulary.

fundo, bottom.	*halt-*, stop, halt.
brako, arm.	*ramp-*, creep, crawl.
torĉo, torch.	*plant-*, (to) plant.
serpento, serpent.	*multekosta*, precious,
statuo, statue.	valuable.
saliko, willow.	*aŭ . . . aŭ*, either . . . or.

Mi loĝis ĉe ŝia patro. Ĝi falis sur la fundon de la maro ĉe la rompiĝo de la ŝipo. Ĉe lumo de torĉoj. Brako ĉe brako. Kaptis lin kelka timo ĉe la penso. Nenio helpas; oni devas nur kuraĝe resti ĉe sia opinio. Ŝi ridis ĉe lia rakontado. Ĉe ĉiu vorto, kiun vi diros, el via buŝo eliros aŭ floro aŭ multekosta ŝtono.

Li haltis apud la pordo. La serpento rampis apud ŝiaj piedoj. Kiam li estis ĉe mi, li staris tutan horon apud la fenestro. Mi loĝis en arbo apud via domo. Ŝi plantis apud la statuo roza-ruĝan salikon. La apudvojaj arboj.

LESSON 29.
En.

En means *in, inside;* when *n* is added to the noun which it precedes, it means *into*, as *Kie vi estas? Mi estas en la domo. Kien vi iras? Mi iras en la gardenon.* Where are you? I am in the house. Where are you going? I am going into the garden. *Malamiko venis en nian landon,* An enemy came into our country.

Vocabulary.

Hispanujo, Spain.	*muel-*, grind.
humoro, humour, temper.	*turn-*, turn.
paco, peace.	*divid-*, divide.
pinglo, pin.	*do*, then.
nasko-tago, birthday.	*ĝuste*, exactly, just.
faruno, flour.	*kvazaŭ*, as if.
parto, part.	

La birdo flugas en la ĉambro (= ĝi estas en la ĉambro, kaj flugas en ĝi). La birdo flugas en la ĉambron (= ĝi estas ekster la ĉambro, kaj flugas nun en ĝin). Mi vojaĝas en Hispanujo. Mi vojaĝas en Hispanujon. Kion do fari en tia okazo? Mi estas en bona humoro. Li murmuretis al la reĝino en la orelon. En sekvo de tiu ĉi okazo. Mi preferus resti en paco tie ĉi. Ŝia naskotago estis ĝuste en la mezo de vintro. Li ekrigardis en la okulojn de la infano. Li estis bela granda viro en la aĝo de kvardek jaroj. En la daŭro de mia tuta vivo. En la fino de la jaro. Mano en mano. Enirinte en la vagonon, ŝi sidis kvazaŭ sur pingloj. La greno mueliĝas en farunon. Aleksandro turniĝis en polvon. Li dividis la pomon en du partojn.

Inter means *between, among,* or *amongst.* It is largely used as a prefix, as *interparoli,* to converse; *internacia,* international; *interkonsento,* agreement; *sin intermeti,* to interfere.

Ekster means *out of, outside,* as *ekster danĝero,* out of danger. It is used as a prefix, as *eksterordinara,* extraordinary.

El means *out of.* It applies (i.) to *place,* signifying motion from, as, *Mi eliris el la domo,* I went out of the house. (ii.). *Chosen from among,* as, *Unu el miaj infanoj,* One of (from among) my children. (iii.). *Made out of,* as, *Tiu ĉi ŝtofo estas farita el lano,* This cloth is made (out) of wool. *El* is used as a prefix, and means *out, outright,* or *thoroughly,* as, *Elfosi,* to dig out; *Ellerni,* to learn thoroughly.

Vocabulary.

kolono, column, pillar.	*krono,* crown.
marmoro, marble.	*uzo,* use.
figuro, figure.	*okazo,* occasion.
muro, wall.	*alfabeto,* alphabet.
kanapo, sofa.	*divid-,* divide (something).
arto, art.	*produkt-,* produce.
viveco, liveliness.	*interne,* inside.

Inter Rusujo kaj Francujo estas Germanujo. Ili dividis inter si dekdu pomojn. Inter la deka kaj dekunua horo matene. Inter la kolonoj staris marmoraj figuroj. Apud la muro inter la fenestroj staris kanapo. Longe ili parolis inter si. Ĉe tiu ĉi malsano unu horo povas decidi inter vivo kaj morto. En la intertempo inter la paroloj oni produktas artajn fajrojn.

Mi staras ekster la domo, kaj li estas interne. Li estas ekster la pordo. Nun ni estas ekster danĝero. Li loĝas ekster la urbo. Starante ekstere, li povis vidi nur la eksteran flankon de nia domo. Li montris eksteren en la mallumon. Mi lasis lin ekstere. La ekstero de tiu ĉi homo estas pli bona, ol lia interno.

Li eliris el la urbo. Li estas ĵus reveninta el la eksterlando. Kun eksterordinara viveco ŝi elsaltis el la vagono. Ŝi metis al ŝi kronon el blankaj lilioj sur la harojn. Li faris uzon el la okazo. Tiuj ĉi nestoj estas farataj tute el la tero. Ŝi estis la plej kuraĝa el la ĉiuj. Jen vi elkreskis! Li eliris el la dormoĉambro, kaj eniris en la manĝoĉambron. La esperanta alfabeto konsistas el dudek ok literoj.

LESSON 31.
Sur. Super. Sub.

Sur means *on, upon* (touching). *Li sidas sur la kanapo*, He is sitting on the sofa. Followed by the accusative (with *n*) it means *on to*, as *Sidiĝu sur la kanapon*, Sit down on the sofa. *Influi sur la karakteron*, To have influence on the character.

Super means *over, above* (not touching). *Super la maro flugis la nuboj*, Over the sea floated the clouds. Followed by the accusative it shows motion over and above a thing, as *Li ĵetis ŝtonon super la muron*, He threw a stone over the wall.

Sub means *under, underneath*. *La hundo kuŝis sub la tablo*, The dog lay under the table. With the accusative *sub* shows motion to and beneath, as *La hundo kuris sub la tablon*, The dog ran under the table.

Vocabulary.

aero, air.	*suprajo*, surface.
sono, sound.	*ŝultro*, shoulder.
benko, bench.	*ferdeko*, deck.
kato, cat.	*balanc-*, swing (something).
lito, bed.	*frap-*, strike, slap.
frukto, fruit.	*influ-*, have influence on.
genuo, knee.	*prem-*, press.
muso, mouse.	*naĝ-*, swim.
muziko, music.	*forestanta*, absent.
ponto, bridge.	*nobla*, noble (quality).
sofo, sofa.	*alta*, high.

Mi sidas sur seĝo kaj tenas la piedojn sur benketo. Li revenis kun kato sur la brako. Mi metis la manon sur la tablon. Li falis sur la genuojn. Ne iru sur la ponton. Li ĵetis sin malespere sur seĝon.

Li frapis lin sur la ŝultron, kaj premis lin malsupren sur la sofon. Mi sidigis min sur la lokon de la forestanta hejtisto. La fruktoplantado devas influi noblige sur tiujn, kiuj sia okupas je ĝi.

Super la tero sin trovas aero. Liaj pensoj alte leviĝis super la nubojn. Ŝi ricevis la permeson sin levi super la supraĵon de la maro. Ili povis sin levi sur la altajn montojn alte super la nubojn. Li staras supre sur la monto kaj rigardas malsupren sur la kampon. Ŝi sidis sur la akvo kaj balanciĝis supren kaj malsupren.

El sub la kanapo la muso kuris sub la liton, kaj nun ĝi kuras sub la lito. Ŝi ofte devis naĝi sub la akvon. Sub la sonoj de muziko ili dancis sur la ferdeko. Ekfloris sub ŝia rigardo la blankaj lilioj. Ŝi subiĝis sub la akvon. Ŝi suprennaĝis ĉe la subiro de la suno.

LESSON 32.
Tra. Trans. Preter.

Tra means *through*, as *Tra la truo*, Through the hole. *Tra la mondo*, Through the world.

Trans means *at the other side, across*, as *Li loĝas trans la rivero*, He lives on the other side of the river. With the accusative it means *to the other side*, as *Li naĝis trans la riveron*, He swam to the other side of (across) the river.

Preter means *past, by*, or *beyond;* it conveys the idea of coming up from behind and passing on in front, as *Mi pasis preter via frato*, or *Mi preterpasis vian fraton*, I passed your brother. The difference between *tra*, *trans*, and *preter* is clearly shown by the sentence *Trapasinte la arbaron, li preterpasis la preĝejon kaj tiam transpasis la riveron per la ponto*, Having passed through the wood, he passed by the church, and then passed over the river by the bridge.

Vocabulary.

kameno, hearth, fireside.
poto, pot.
kaldrono, cauldron, kettle.
vaporo, steam, vapour.
hirundo, swallow.
tunelo, tunnel.
oceano, ocean.

momento, moment.
abato, abbot.
penetr-, penetrate.
bol-, boil (as water boils).
turn-, turn (a thing or oneself).
larĝa, wide, broad.

Li estas tiel dika, ke li ne povas trairi tra nia mallarĝa pordo. Ŝi rigardis supren tra la mallume-blua akvo. Tra la palruĝa aero lumis la stelo de la vespero. La sonado de la sonoriloj trapenetras malsupren al ŝi. Ili traglitas inter la branĉoj. Sur la kameno inter du potoj staras fera kaldrono; el la kaldrono, en kiu sin trovas (*or* troviĝas) bolanta akvo, eliras vaporo; tra la fenestro, kiu sin trovas (*or* troviĝas) apud la pordo, la vaporo iras sur la korton.

La hirundo flugis trans la riveron, ĉar trans la rivero sin trovis (*or* troviĝis) aliaj hirundoj. Ili povas flugi sur ŝipoj trans la maron. "Kial Hanibalo iris trans la Alpojn? Ĉar tiam la tunelo ne estis ankoraŭ preter." Estas neeble, ke ili estu transirintaj trans la oceanon. Ĉio transturniĝis la fundo supren.

Ni pasis preter la stacio. En tiu ĉi momento preteriras la abato. Preterirante, mi demandis lin, ĉu jam estas la dekdua horo. La muelilo ne povas mueli per akvo preterfluinta.

LESSON 33.
Antaŭ. Post.

Antaŭ means *before* (time), *Ni revenos antaŭ Mardo*, We shall return before Tuesday, *in front of* (place), *Antaŭ la domo*, Before the house. Before verbs "*antaŭ ol*" is used, as *Lavu vin, antaŭ ol manĝi*, Wash (yourself) before eating.

Post means *after* (time), *behind* (place).

Care must be taken in using *antaŭ* and *post* to arrange the sentence so that there can be no doubt as to whether time or place is referred to. "He came before his father," in place or position, *i.e.*, in front of his father, is *Li venis antaŭ sia patro*, but if *before in time* is meant, it must be *Li venis antaŭ ol lia patro (venis)*. *Li venis post sia patro* means He came behind his father; if we mean "after his father came" we may use *kiam*, and say *Li venis post, kiam lia patro venis*.

To express "time past," "ago," *antaŭ* is used, as *Antaŭ tri tagoj*, Three days ago. *Antaŭ longe*, A long time ago. *Antaŭ nelonge*, Not long ago.

To express "in" a time to come *post* is used, as I will come in three days, *Mi venos post tri tagoj*. *Post nelonge*, In a short time.

Vocabulary.

preĝejo, church (place of prayer).
ordo, order.
riĉeco, wealth.
paŝo, step.
paĝo, page.

vek-, waken (someone).
bala-, sweep.
raŭka, hoarse.
avida, eager, greedy.
ofte, often.
publike, publicly.

Antaŭ ili staris preĝejo. Antaŭ tiuj homoj estas inde paroli. Ofte en la nokto ŝi staris antaŭ la fenestro. Mi estas peka antaŭ vi. Antaŭ unu horo. Antaŭ mallonge li vekiĝis tre raŭka. Antaŭ nelonge oni vendis la domon publike. Ne iru, antaŭ ol vi scias, ke ĉio estas en ordo. Mi devos lasi ilin elbalai la ĉambron, antaŭ ol ni komencos danci. Mi estis tie en la antaŭa jaro. Antaŭe mi neniam pensis pri riĉeco. Estis al ŝi, kiel la sorĉistino antaŭdiris.

Li restis post la pordo. Iom post iom. Ŝi komencis avide legi paĝon post paĝo. Ŝi rigardis post lin kun rideto. Post kelkaj minutoj leviĝis la suno. Ŝi ĵetis siajn brakojn posten kaj antaŭen. Ni restos kelkajn semajnojn en Parizo; poste ni vojaĝos en Germanujon.

LESSON 34.
Dum. Ĝis. Ĉirkaŭ.

Dum means *during*, as *Dum mia tuta vivo*, During my whole life. It is not much used as a preposition, that is, before a noun, *en la daŭro de* being better, as *En la daŭro de mia tuta vivo*, In (the duration of) my whole life; or the preposition is omitted altogether, as *La tutan tagon mi laboradis*, I used to work all day long. *Dum*, meaning *while, whilst*, is often used at the beginning of a sentence. *Dume* means meanwhile, or, in the meantime.

Ĝis means *till, until, up to, as far as. Atendu ĝis Sabato*, Wait until Saturday. *Iru ĝis la rivero*, Go as far as the river.

Ĉirkaŭ means *about* or *around, somewhere near* (more or less). *Ili ludis ĉirkaŭ la arbo*, They played around the tree. *Ĉirkaŭ Majo ni foriros*, About May we shall go away.

Vocabulary.

koncerto, concert.
flanko, side.
sorto, fate.
radio, ray.
kupolo, cupola, dome.
rublo, rouble.
etaĝo, story (of building).
doloro, pain, ache.

vitro, glass (material).
globo, globe.
kolekt-, collect.
prepar-, prepare.
pes-, weigh (something).
ekzist-, exist.
pere-, perish.
proksime, near to.

Dum la tuta tago (aŭ, la tutan tagon) li restis sola. Dum (aŭ, en la daŭro de) kelkaj monatoj, ŝi ne eliradis el sia ĉambro. Li dormis dum la tuta koncerto (aŭ, la tutan koncerton). Dum daŭris la preparoj, li estis gasto ĉe la reĝo. Dum li veturas sur la vojo al Grenada, en Santa Fé estas decidata lia sorto.

Ili laboradis ĝis profunda nokto. La telero de la pesilo malleviĝis ĝis la tero. Ĝiaj radioj sin levadis ĝis la kupolo. Pruntu al mi dek rublojn ĝis morgaŭ. Li laboradis de frua mateno ĝis malfrua nokto. Li batalos ĝis la fino mem. Ni levadis nin ĉiam pli kaj pli alte ĝis la kvara etaĝo. Ĝi ekzistos ĝis la mondo pereos.

La reĝo venis ĉirkaŭ tagmezo en la vilaĝon Reading. Ĉirkaŭ la mateno la ventego finiĝis. Estos sufiĉe ĉirkaŭ dek metroj. Ĉiuj kolektiĝis ĉirkaŭ la vitra globo. Oni povas rigardi tre malproksime ĉirkaŭe. Ĉirkaŭe naĝis grandaj montoj de glacio. Li rigardis ĉirkaŭen sur ĉiuj flankoj.

LESSON 35.
De. Da.

De means *of, from*, or *by*; it denotes (i.) *possession*, as *La ĉapelo de la patro*, The father's hat; (ii.), *the agent of an action*, as *La letero estis skribata de Johano*, The letter was written by John; (iii.), *cause*, *Li mortis de febro*, He died of fever; (iv.), *starting point, from, since*, as *De tiu tempo neniu lin vidis*, (Starting) from (since) that time nobody has seen him; *Li venis de Parizo*, He came from Paris.

Da means *of*; it is used after words signifying quantity, when the noun following has a *general*, not a *particular* sense, as *Dekduo da kuleroj*, A dozen spoons; *Funto da teo*, A pound of tea; *Peco da pano*,

A piece of bread; but if some particular tea, bread, etc., is specified, *de* must be used, as *Funto de la teo*, A pound of the tea; *Peco de la pano*, A piece of the bread. *La* cannot be used after *da*.

Vocabulary.

placo, place, square.	*peco*, piece.
velo, sail.	*sumo*, sum.
drapo, cloth.	*inko*, ink.
ovo, egg.	*najbaro*, neighbour.
kilometro, kilometre.	*mezuro*, measure,
bordo, shore.	*sufer-*, suffer.
amaso, crowd.	*signif-*, mean, signify.
aŭtuno, autumn.	*nigra*, black.
turo, tower.	*plena*, full.
ĉevalo, horse.	

La lumo de la luno. En la mezo de la placo staris domo. Li povis havi la aĝon de dekses jaroj. La tempo de ilia vivo estas ankoraŭ pli mallonga, ol de nia. Ili sin levis de apud la tablo. Mi pensis, ke vi de tie jam ne revenos. La ŝipanoj demetis la velojn. Li deiris de la ĉevalo.

Glaso de vino estas glaso, en kiu antaŭe sin trovis vino, aŭ kiun oni uzas por vino; glaso da vino estas glaso plena je vino. Alportu al mi metron da nigra drapo. (Metro de drapo signifus metron, kiu kuŝis sur drapo, aŭ kiu estas uzata por drapo). Mi aĉetis dekon da ovoj. Tiu ĉi rivero havas ducent kilometrojn da longo. Sur la bordo de la maro staris amaso da homoj. Multaj birdoj flugas en la aŭtuno en pli varmajn landojn. Sur la arbo sin trovis multe (aŭ multo) da birdoj. Kelkaj homoj sentas sin la plej feliĉaj, kiam ili vidas la suferojn de siaj najbaroj. En la ĉambro sidis nur kelke da homoj. "Da" post ia vorto montras, ke tiu ĉi vorto havas signifon de mezuro.

Ĝi estas bela peco da ŝtofo. Sur la teleron li metis milojn da pecoj da arĝento. La lumoj brilas kiel centoj da steloj. Knabo aĉetis boteleton da inko. Ili konstruas turetojn enhavantajn multe da ĉambretoj. Li donis al ili grandan sumon da mono.

LESSON 36.
Per. Kun. Sen.

Per and kun represent different uses of our word "with," so care must be taken to use the correct word.

Per signifies *by means of*; it denotes the *instrument* by means of which something is done, as *Per hakilo ni hakas*, By means of an axe we chop.

Kun means *in company with, accompanying*. *Li iros kun mi*, He will go with me.

Sen means *without* as *Teo sen sukero*, Tea without sugar. It is used as a prefix to denote absence of something, as *sen-utila*, without use, useless (compare with *mal*, which denotes the exact opposite; *malutila* means *harmful, noxious*).

Vocabulary.

envio, envy.	*folio*, leaf.
ŝaŭmo, foam, froth.	*fadeno*, thread.
fiŝo, fish.	*lud-*, play.
vosto, tail.	*pentr-*, paint.
pentraĵo, painting.	*flar-*, smell (something).
reĝido, prince (king's son).	*pel-*, drive.
princo, prince.	*kovr-*, cover.
ondo, wave.	*ĉes-*, cease.
membro, member.	*mov-*, move (something).
tataro, Tartar.	*kune*, together.

Mi manĝas per la buŝo, kaj flaras per la nazo. Ŝi surpaŝis per piedo sur la serpenton. Ĝi enkovris la belegan lilion per blanka ŝaŭmo. La korpo finiĝis per fiŝa vosto. Ĉiuj muroj estas ornamitaj per grandaj pentraĵoj. Per tie ĉi, kaj ne per alia vojo, la ŝtelisto forkuris. Per kia maniero oni povas veni en la landon de oro? Per tia maniero. Per unu vorto. La stelo Venus ekbrulis per envio.

Ŝi volis ludi kun ili, sed kun teruro ili forkuris. Kun kia atento ŝi aŭskultis tiujn ĉi rakontojn! La plej bela el ili estis la juna reĝido kun la grandaj nigraj okuloj. Tien ĉi alnaĝis la virineto de maro kun la bela princo. Kun plezuro. Kun ĉiu jaro la nombro de la membroj rapide kreskis.

La tataro restis sen bona ĉevalo kaj sen manĝo. Li preskaŭ sen vivo estis pelata de la ondoj. Ili teksis per ĉiuj fortoj, sed sen fadenoj. Li senvorte obeis. La folioj sin movis (or moviĝis) senĉese. Li kreis sennombrajn birdojn.

LESSON 37.
Por. Pro.

Por means *for, in order to, for the purpose of, for the benefit of,* as *Li aĉetis inkon por skribi,* He bought ink in order to write. Por is one of the three prepositions used before verbs in the Infinitive.

Pro means *for, because of, on account of, for the sake of* (cause), as *Li demandis ŝin, pro kio ŝi ploras,* He asked her, for what (reason or cause) she weeps.

Por looks *forward* to the aim or purpose of the action, to that which comes after the action, while *pro* looks *back* to what came before the action and caused it to be done, as *Mi manĝas* pro *malsato* por *vivi,* I eat because of hunger in order to live.

Vocabulary.

ofico, office.	*vend-*, sell.
mastro, master.	*konvink-*, convince.
kafo, coffee.	*kontenta*, content, pleased.
bieno, property.	*sata*, satiated.
kaŭzo, cause.	

Li sin kuracis por resaniĝi. Ŝi havis multege por rakonti. Li iris en la preĝejon, por fari la konfeson. Por iel pasigi la tempon. Neniu pli bone taŭgas por sia ofico, ol li. Li uzis ĉiajn siajn fortojn por kontentigi sian mastron. Por mi estas tute egale, kie ajn mi loĝas. Prenu (la pagon) por la kafo.

Li mortis pro (aŭ, de) malsato. Mi havis tre bonan bienon, kiu estis vendita pro ŝuldoj. Pro la ĉielo, ne faru tion ĉi. Li estis konvinkita, ke li pro si ne devas timi. Pro tio ĉi Venus lumas pli forte, ol multaj aliaj steloj. Ĉu pro tio, aŭ ĉu pro ia alia kaŭzo, mi ne scias.

LESSON 38.
Pri. Laŭ.

Pri means *concerning, in regard to, about*, as *Ni parolis pri nia amiko*, We spoke about or concerning our friend.

Pripensi, to think about, to consider. *Priparoli*, to speak about. *Priskribi*, to describe.

Laŭ means *according to, in accordance with*, as *Laŭ mia opinio*, According to (or, in) my opinion.

Laŭlonge, lengthways.

Vocabulary.

konko, shell	*afero*, affair, matter.
komando, command.	*honesteco*, honesty.
eksteraĵo, exterior.	*konvena*, suitable, proper, respectable.
portreto, portrait.	*sonĝ-*, dream.
boneco, goodness.	*ŝajn-*, seem, appear.
fojo, time.	

Ŝi volis kredi, ke la hebreo parolas pri iu alia. Nun la virino havas ĉion, ŝi pri nenio povas peti. Pri tio ĉi ne pensu. Tion oni vere ne povas diri pri vi. Estis ankoraŭ multaj aferoj, pri kiuj ili volis scii. Li ne povis eĉ sonĝi pri ŝi. Ŝi demandadis pri tio la maljunan avinon.

Mi restas tie ĉi laŭ la ordono de mia estro. Li ekiris laŭ tiu ĉi rivero. Ili havis la permeson supreniri ĉiufoje laŭ sia volo. Ŝi povis laŭ sia plaĉo fosi kaj planti. La konkoj sin fermas kaj malfermas laŭ la fluo de la akvo. Laŭ sia eksteraĵo li ŝajnis konvena homo. Laŭ la komando "tri" vi ekpafos sur la arbon. La pli juna filino estis la plena portreto de sia patro laŭ sia boneco kaj honesteco.

LESSON 39.
Kontraŭ. Anstataŭ. Krom.

Kontraŭ means *against, opposite*, or *in opposition to* as *Li kuraĝe batalis kune kun ni kontraŭ niaj malamikoj*, He courageously fought with us against our enemies. It is also used in the sense of *overlooking*, as *La fenestro kontraŭ la strato*, The window overlooking the street;

and of *facing*, as *Vizaĝo kontraŭ vizaĝo*, Face to face. *Kontraŭdiri*, to contradict.

Anstataŭ means *instead of, in the place of*, as *Mi iris Londonon anstataŭ Parizon*, I went to London instead of to Paris. *Mi iris hieraŭ anstataŭ morgaŭ*, I went yesterday instead of to-morrow. *Anstataŭ piediri, li veturis*, Instead of going on foot, he drove. *Anstataŭi*, to take (or, be in) the place of; *anstataŭigi*, to put in the place of, to replace (by).

Krom means *not including, in addition to, besides*, as *En la ĉambro estis neniu krom li*, In the room there was nobody except him. *La knabo estas granda, kaj krom tio, li estas bona*. The boy is tall, and besides that, he is good.

Vocabulary.

rimedo, a means, remedy.	*sukero*, sugar.
kutimo, custom.	*kremo*, cream.
profesoro, professor,	*prepozicio*, preposition.
reflektoro, reflector.	*vokalo*, vowel.
fianĉo, betrothed.	*abomeno*, disgust.
flanko, side.	*ordinara*, ordinary.
teo, tea.	

Vi havas rimedojn kontraŭ ĉiuj malsanoj. Kion povas fari li sola kontraŭ cent homoj? Kontraŭ sia kutimo, la profesoro nenion diris. Ĝi flugis kontraŭ la reflektoron. Kontraŭ sia propra volo ŝi tion ĉi konfesis. Li eksentis ian abomenon kontraŭ si. La kontraŭa flanko. Ili sidiĝis unu kontraŭ la alia. Ŝi estis maljusta kontraŭ li. Kontraŭ la ordinaro, la nombro de la dancantoj estis granda.

Anstataŭ li, oni sendis lian fraton. Anstataŭ eliri, li restis en la domo. Okulo anstataŭ okulo, kaj dento anstataŭ dento. Anstataŭ kafo li donis al mi teon kun sukero sed sen kremo. Anstataŭ "la" oni povas ankaŭ diri "l'" (sed nur post prepozicio, kiu finiĝas per vokalo).

En la salono staris neniu krom li kaj lia fianĉino. Krom la malplena teksilo nenio estis. Krom ni mem, ni havis tre malmulte por enporti. Ŝi volis havi, krom la ruĝaj floroj, nur unu belan statuon. Ĉiuj dormis, krom la direktilisto apud sia direktilo. Krom la membroj alveturas multe da gastoj.

LESSON 40.
Malgraŭ. Spite. Po. Je.

Malgraŭ means *in spite of, notwithstanding*, as *Li sukcesis malgraŭ ĉio*, He succeeded in spite of everything.

Spite is a stronger expression than "malgraŭ"; it means in defiance of all opposition, despite, as *Li faris tion, spite la malpermeso*, He did that, in spite of being forbidden.

Po means *at the rate of*, as *Mi aĉetis dekduon da ovoj po unu penco*, I bought a dozen eggs at (the rate of) a penny (each). *Poduone*, by halves. *Po grande*, wholesale; *po malgrande*, retail.

As already said (see Lesson 26), je is the only preposition which has no meaning of its own. It is used when a preposition is needed, and none of the others properly expresses the idea, as *La kruĉo estas plena je* (or, de) *akvo*, The jug is full of water. *Mi enuas je la hejmo*, I am tired of home.

Vocabulary.

mastrumaĵo, household affairs.	*honoro*, honour.
fungo, mushroom.	*libereco*, freedom, liberty.
senco, sense, meaning.	*kulpo*, fault.
regulo, rule.	*simila*, similar, like.
klareco, clearness.	*komuna*, common to.
akuzativo, accusative.	*kri-*, cry.
nobeleco, nobility (of birth).	*sopir-*, sigh for, long for.
	ekzemple, for example.

Li multe laboris, sed malgraŭ ĉio, li ne sukcesis. Estis ankoraŭ sufiĉe varme, malgraŭ ke la suno staris malalte. Ili estos severe punataj, se ili, malgraŭ la malpermeso, pekos kontraŭ la libereco de la vojo. Spite ĉiuj miaj penoj por malhelpi lin, li foriris.

Por miaj kvar infanoj mi aĉetis dek du pomojn, kaj al ĉiu el la infanoj mi donis po tri pomoj. Ili povas kosti po tri ĝis kvin ŝilingoj. Tiu ĉi libro havas sesdek paĝojn; tial se mi legos en ĉiu tago po dekkvin paĝoj, mi finos la tutan libron en kvar tagoj. Mi aĉetis kvar librojn po ses pencoj.

Ni estis nur okupitaj je kelkaj mastrumaĵoj. La konstruo estas simila je fungo. Ili forkuris, kiam la virino ekkriis je ili. Je la vespero la ĉielo kovriĝis je nuboj. El timo je Karagara mi forkuris. Ŝi estis tre fiera je sia nobeleco. La hundo sincere malĝojis je li. Neniu el ili estis tiel plena je deziroj, kiel la plej juna knabino. Je vorto de honoro.

40a.

Se ni bezonas uzi prepozicion, kaj la senco ne montras al ni, kian prepozicion uzi, tiam ni povas uzi la komunan prepozicion "je." Sed estas bone uzadi la vorton "je" kiel eble pli malofte. Anstataŭ la vorto "je" ni povas ankaŭ uzi akuzativon sen prepozicio.—Mi ridas je lia naiveco (aŭ, mi ridas pro lia naiveco; aŭ mi ridas lian naivecon).—Je la lasta fojo mi vidas lin ĉe vi (aŭ, la lastan fojon).—Mi veturis du tagojn kaj unu nokton.—Mi sopiras je mia perdita feliĉo (aŭ, mian perditan feliĉon).—El la dirita regulo sekvas, ke se ni pri ia verbo ne scias, ĉu ĝi postulas post si la akuzativon (t.e.=tio estas, ĉu ĝi estas aktiva) aŭ ne, ni povas ĉiam uzi la akuzativon. Ekzemple, ni povas diri "obei al la patro" kaj "obei la patron" (anstataŭ, "obei je la patro"). Sed ni ne uzas la akuzativon tiam, kiam la klareco de la senco tion ĉi malpermesas; ekzemple: ni povas diri "pardoni al la malamiko" kaj "pardoni la malamikon," sed ni devas diri ĉiam "pardoni al la malamiko lian kulpon."

LESSON 41.
Suffixes-aĵ-,-ec-.

-aĵ-denotes a *thing* (i.) *made from* or *of* the substance named, or (ii.) having the *quality* or *character* named, or (iii.) *resulting from* the action expressed by the word to which it is added, as *Ovo*, an egg, *ovaĵo*, something made of eggs, an omelette; *Mirinda*, wonderful, *mirindaĵo*, a wonderful thing, a wonder; *Trovi*, to find, *trovaĵo* (or, *trovitaĵo*), a thing found.

-ec-denotes *quality*; it forms the name of a quality; as, *Bona*, good; *boneco*, goodness. *Riĉa*, rich; *riĉeco*, richness. *Akurata*, accurate, prompt; *akurateco*, accuracy. *Mola*, soft; *molaĵo*, a soft thing; *moleco*, softness. *Amiko*, a friend; *amikaĵo*, a friendly act; *amikeco*, friendliness, friendship. *Eco*, quality.

Vocabulary.

kuko, cake.
ligno, wood (substance).
alkoholo, alcohol.
araneo, spider.
ceremonio, ceremony.
heroo, hero.
frandaĵo, a dainty.
acido, acid.
vinagro, vinegar.
sulfuro, sulphur.
azotacido, nitric acid.

lago, lake.
objekto, object, thing.
tren-, drag.
fotograf-, photograph.
konfit-, preserve with sugar.
pak-, pack.
la ceteraj, the rest, remainder.
mirinda, wonderful.
peza, heavy.
oportuna, convenient.

La fotografisto fotografis min, kaj mi sendis mian fotografaĵon al mia patro. Vi parolas sensencaĵon, mia amiko. Mi trinkis teon kun kuko kaj konfitaĵo. Akvo estas fluidaĵo. Mi ne volis trinki la vinon, ĉar ĝi enhavis en si ian malklaraĵon. Sur la tablo staris diversaj sukeraĵoj. Mi manĝis bongustan ovaĵon. Kiam mi ien veturas, mi neniam prenas kun mi multon da pakaĵo. Glaciaĵo estas dolĉa glaciigita frandaĵo. La tuta supraĵo de la lago estis kovrita per naĝantaj folioj kaj diversaj aliaj kreskaĵoj. La lignisto vendas lignon, kaj la lignaĵisto faras tablojn, seĝojn kaj aliajn lignajn objektojn. Mi uzas nenian alkoholaĵon. Lia maljuna patrino kondukis la mastraĵon de la domo. "Malbonan eksteraĵon li havis," respondis la hebreo. Ŝi pripensis la faritaĵojn de la tago pasinta. Ĝi estas tiel malpeza, kiel araneaĵo. La trenaĵo de la vesto estis longa. Ili sin movas, kiel vivaj estaĵoj.

Li amas tiun ĉi knabinon pro ŝia beleco kaj boneco. Lia heroeco tre plaĉis al mi. Mi vivas kun ili en granda amikeco. Ni estas ja en la proksimeco de la rivero. Tio ĉi estas la plej grava eco. Kortega ceremonio postulas maloportunecon. La riĉeco de tiu ĉi homo estas granda, sed lia malsaĝeco estas ankoraŭ pli granda.

En tiuj ĉi boteletoj sin trovas (troviĝas) diversaj acidoj, vinagro, sulfuracido, azotacido kaj aliaj. La acideco de tiu ĉi vinagro estas tre malforta. Via vino estas nur ia abomena acidaĵo. Tiu ĉi granda altaĵo ne estas natura monto. La alteco de tiu monto ne, estas tre granda.

LESSON 42.
Suffixes-ej-,-uj-,-ing-.

The suffix-ej-denotes a *place specially used* for a certain purpose, as *Tombo*, a tomb; *tombejo*, a cemetery. *Ĉevalo*, a horse; *ĉevalejo*, a stable. *Mallibera*, captive *malliberejo*, a prison.

-uj-denotes that which *contains* or *produces*, or *bears* (as countries, fruit-trees, receptacles, etc.), as *Anglo*, an Englishman: *Anglujo*, England. *Hispano*, a Spaniard; *Hispanujo* Spain (*lando* is also used, as *Skotlando*). *Pomo*, an apple; *pomujo*, an apple tree (*arbo* is also used, as *pomarbo*). *Abelo*, a bee; *abelujo*, a beehive. *Sukerujo*, a sugar-basin; *Ujo*, a receptacle.

-ing-signifies a *holder, case*, or *sheath* for one thing, as *Fingro*, a finger; *fingringo*, a thimble. *Piedo*, a foot; *piedingo*, a stirrup. *Glavo*, a sword; *glavingo*, a sword-sheath. *Ingo*, a sheath.

Vocabulary.

skatolo, box.	*objekto*, object, thing.
hufo, hoof.	*glavo*, sword,
pantalono, trousers.	*konsil-*, counsel, advise.
cigaro, cigar.	*ŝvit-*, sweat, perspire.
tubo, tube.	*sorb-*, absorb.
monaĥo, monk.	*ban-*, bathe (oneself or another).
magazeno, magazine, warehouse.	

La domo, en kiu oni lernas, estas lernejo, kaj la domo, en kiu oni preĝas, estas preĝejo. La kuiristo sidas en la kuirejo. La kuracisto konsilas al mi iri en ŝvitbanejon. La ĉevalo metis unu hufon sur serpentejon. La virino promenadis tra belegaj arbaroj kaj herbejoj. Li venis en sian loĝejon. Li haltis apud la pordego de la monaĥejo.

La rusoj loĝas en Rusujo, kaj la germanoj en Germanujo. Mia skribilaro konsistas el inkujo, sablujo, kelke da plumoj, krajono, kaj inksorbilo. En la poŝo de mia pantalono mi portas monujon, kaj en la poŝo de mia surtuto mi portas paperujon; pli grandan paperujon mi portas sub la brako. Metu sur la tablon la sukerujon, la teujon, kaj la tekruĉon.

Magazeno, en kiu oni vendas cigarojn, aŭ ĉambro, en kiu oni tenas cigarojn, estas cigarejo; skatoleto aŭ alia objekto, en kiu oni tenas cigarojn, estas cigarujo; tubeto, en kiun oni metas cigaron, kiam oni ĝin fumas, estas cigaringo. Skatoleto, en kiu oni tenas plumojn, estas plumujo, kaj bastoneto, sur kiu oni tenas plumon por skribadi, estas plumingo. En la kandelingo sidis brulanta kandelo.

LESSON 43.

Ge-, bo-,-id-, pra-,-ĉj-,-nj-.

The prefix ge-signifies *both sexes taken together*, as *gepatroj*, parents. *Gefratoj*, brothers and sisters. *Geregoj*, king and queen (the word formed is, of course, always plural).

The prefix bo-denotes *relationship by marriage*, as *bopatro*, father-in-law; *bofilo*, son-in-law.

The suffix-id-signifies the *offspring* or *descendant*, as *Reĝo* a king; *reĝido*, a king's son, a prince. *Kato*, a cat; *katido*, a kitten. *Ŝafo*, a sheep; *ŝafido*, a lamb.

The prefix pra-means *of generations ago, great-, grand-*, as, *avo*, grandfather; *pra-avo*, great-grand-father. It is also used for descendants, as *pra-nepo*, great-grandson. *Praa*, primitive or primeval.

The suffix-ĉj-is added to men's names and-nj-to women's names to form *pet names*, part of the name being left out, as *Petro*, Peter; *Peĉjo*, Pete. *Klaro*, Clara; *Klanjo*, Clarrie. *Paĉjo* (from *patro*), papa; *panjo*, mamma.

Vocabulary.

altaro, altar.	*gratul-*, congratulate.
parenco, relation.	*deven-*, originate, descend from.
doktoro, doctor (law, etc.).	*adres-*, address (a letter).
stato, state, condition.	*telegraf-*, telegraph.
koko, cock.	

Patro kaj patrino kune estas nomataj gepatroj. Petro, Anno, kaj Elizabeto estas miaj gefratoj. Gesinjoroj N. hodiaŭ vespere venos al ni. La gefianĉoj staris apud la altaro. Mi gratulis telegrafe la junajn geedzojn. La geregoj forveturis Kordovon. Ŝi edziniĝis kun sia kuzo, kvankam ŝiaj gepatroj volis ŝin edzinigi kun alia persono.

La patro de mia edzino estas mia bopatro, mi estas lia bofilo, kaj mia patro estas la bopatro de mia edzino. Ĉiuj parencoj de mia edzino estas miaj boparencoj, sekve ŝia frato estas mia bofrato, ŝia fratino estas mia bofratino; mia frato kaj fratino (gefratoj) estas la bogefratoj de mia edzino. La edzino de mia nevo, kaj la nevino de mia edzino estas miaj bonevinoj. Virino, kiu kuracas, estas kuracistino; edzino de kuracisto estas kuracistedzino. La doktoredzino A. vizitis hodiaŭ la gedoktorojn P. Li ne estas lavisto, li estas lavistinedzo.

La filoj, nepoj kaj pranepoj de reĝo estas reĝidoj. La hebreoj estas Izraelidoj, ĉar ili devenas de Izraelo. Ĉevalido estas nematura ĉevalo, kokido nematura koko, bovido nematura bovo, birdido nematura birdo. Tiu bela tero trovis sin en tre praa stato.

Johanon, Nikolaon, Erneston, Vilhelmon, Marion, Klaron kaj Sofion iliaj gepatroj nomas Johanĉjo (aŭ Joĉjo), Nikolĉjo (aŭ Nikoĉjo, aŭ Niĉjo), Erneĉjo (aŭ Erĉjo), Vilhelĉjo (aŭ Vilheĉjo, aŭ Vilĉjo, aŭ Viĉjo), Manjo (aŭ Marinjo), Klanjo kaj Sonjo (aŭ Sofinjo).

LESSON 44.
Suffixes-ebl-,-ind-,-em-.

These three suffixes are used to form adjectives.

-ebl-means *possible to be* what the word to which it is added signifies, as *Vidi*, to see; *videbla*, able to be seen; *Aŭdi*, to hear; *aŭdebla*, able to be heard, audible; *Movi*, to move; *movebla*, movable; *Ebla*, possible; *eble*, possibly.

-ind-means *worthy of* what the word denotes, as *Honoro*, honour; *honorinda*, honourable, worthy of honour; *Honti*, to be ashamed; *hontinda*, shameful; *Indo*, worth; *inda*, worthy of.

-em-means having an *inclination towards* or *propensity* for, or *being disposed towards* something as *Forgesi*, to forget; *forgesema*, forgetful; *Servi* to serve; *servema*, willing to serve, obliging. *Ema* fond of.

The difference between the three suffixes is shown by the following words:—

Kredebla, possible of belief; *kredinda*, worthy of belief; *kredema*, having a tendency to believe readily, credulous.

Legebla, able to be read; *leginda*, worthy of being read; *legema*, fond of reading, inclined to read.

Vocabulary.

ŝtalo, steel.

spirito, spirit,

bagatelo, trifle.

fleks-, bend.

laŭd-, praise.

renvers-, turn over.

memor-, remember.

ekscit-, excite.

venĝ-, revenge.

kredeble, probably.

kompreneble, of course.

Ŝtalo estas fleksebla, sed fero ne estas fleksebla. Ne ĉiu kreskaĵo estas manĝebla. Vitro estas rompebla kaj travidebla. Via parolo estas tute nekomprenebla, kaj viaj leteroj estas ĉiam skribitaj tute nelegeble. La mallumo estas netrapenetrebla. Li rakontis al mi historion tute nekredeblan. Eble mi povos helpi al vi. Ĉu vi amas vian patron? Kia demando! kompreneble, ke mi lin amas. Mi kredeble ne povos veni al vi hodiaŭ, ĉar mi pensas, ke mi mem havos hodiaŭ gastojn. La tablo staras malrekte kaj kredeble baldaŭ renversiĝos. Li faris sian eblon.

Li estas homo ne kredinda. Via ago estas tre laŭdinda. Tiu ĉi grava tago restos por mi ĉiam memorinda. Ĝi estas vesto de granda indo. Ĝi ne estas inda je danko. La ŝipanaro montriĝas ne inda je sia estro.

Lia edzino estas tre laborema kaj ŝparema, sed ŝi estas ankaŭ tre babilema kaj kriema. Li estas tre ekkolerema, kaj ekscitiĝas ofte ĉe la plej malgranda bagatelo, tamen li estas tre pardonema, li ne portas longe la koleron, kaj li tute ne estas venĝema. Li estas tre kredema, eĉ la plej nekredeblajn aferojn, kiujn rakontas al li la plej nekredindaj homoj, li tuj kredas. Li estas tre purema, kaj eĉ unu polveron vi ne trovos sur lia vesto. Li estas bonega knabo, sed tre ema kredi spiritojn.

LESSON 45.
Dis-,-um-.

The prefix dis-denotes separation or scattering, as *ĵeti*, to throw; *disĵeti*, to scatter. *Ŝiri*, to tear; *disŝiri*, to tear into bits. *Doni*, to give; *disdoni*, to distribute.

The suffix-um-has no definite meaning. It is used in only a few words, of which the most important are:—

aerumi	(from	*aero*, air), to expose to the air.
ventumi	("	*vento*, wind), to fan.
kolumo	("	*kolo*, neck), collar.
manumo	("	*mano*, hand), cuff.
butonumi	("	*butono*, button), to button.
gustumi	("	*gusto*, taste), to taste (something).
komunumo	("	*komuna*, common), a community.
krucumi	("	*kruco*, cross), crucify.
malvarmumi	("	*malvarma*, cold), take cold.
mastrumi	("	*mastro*, master), keep house.
plenumi	("	*plena*, full), fulfil.
brulumo	("	*bruli*, burn), inflammation.
kalkanumo	("	*kalkano*, heel), heel of boot.

Vocabulary.

rezultato, result.
angulo, angle, corner.
tolo, linen.
ĉemizo, shirt.
ating-, attain, reach to.

ŝir-, tear.
kvankam, although.
simila, similar.
grava, important.

Ni ĉiuj kunvenis por priparoli tre gravan aferon; sed ni ne povis atingi ian rezultaton, kaj ni disiris. Malfeliĉo ofte kunigas la homojn, kaj feliĉo ofte disigas ilin. Mi disŝiris la leteron, kaj disĵetis ĝiajn pecetojn en ĉiujn angulojn de la ĉambro. Post tio ĉi oni disiris hejmen. La vojo disiris en kelkaj direktoj.

Mi volonte plenumis lian deziron. En malbona vetero oni povas facile malvarmumi. Li disbutonumis la superveston. Ŝi ludis kun sia ventumilo. Ĉemizojn, kolumojn, manumojn, kaj ceterajn similajn objektojn oni nomas tolaĵo, kvankam ili ne ĉiam estas faritaj el tolo.

The suffixes-on-,-obi-,-op-, have already been explained in Lesson 9.

-Aĉ-

A new suffix-aĉ-has gradually come into use during the past few years. Its meaning is well shown in the following examples:—
Domo, house; *domaĉo*, hovel. *Virino*, woman; *virinaĉo*, hag. *Ridi*, to laugh; *ridaĉi*, to grin (maliciously). *Ĉevalo*, horse; *ĉevalaĉo*, a sorry nag, a screw. *Obstina*, persistent, stubborn; *obstinaĉa*, pig-headed. *Popolo*, a people; *popolaĉo*, populace. *Morti*, to die; *mortaĉi*, to die the death. *Lingvo*, language; *lingvaĉo*, a jargon.

This suffix should only be used sparingly.

JOINING WORDS. CONJUNCTIONS.

Certain words are used merely to join words or sentences. Those already learned are:—

kaj, and.	*ĉu*, whether.
sed, but.	*ke*, that.
ĉar, because, for.	*kvazaŭ*, as if.
ankaŭ, also.	*kvankam*, although.
ol, than.	*almenaŭ*, at least.
se, if.	*tamen*, however.
aŭ, or.	*do*, then, therefore.

The following are also useful:—

kaj . . . kaj, both . . . and.	*nek . . . nek*, neither . . . nor.
aŭ . . . aŭ, either . . . or.	*eĉ se*, even if.
ĉu . . . aŭ, whether . . . or.	*same kiel*, the same as.
ĉu . . . ĉu, whether . . . whether.	

EXCLAMATIONS. INTERJECTIONS.

The following are simply exclamations of joy grief, surprise, etc.:—

ah! aha! ah!	*kia!* what!
ha! ah!	*bone!* good! all right!
he! halloo! hey!	*brave!* bravo!
hm! hm! humph!	*hura!* hurrah!
ho! oh!	*vere!* truly!
oho! ho!	*efektive!* really!
ho ve! alas!	*adiaŭ!* goodbye!
for! away!	*bonvenu!* welcome!
fi! for shame!	*kompreneble!* of course!
nu! well (now)!	*vivu!* long live!
nu do! well (now) then!	*antaŭen!* forward!
ja! indeed!	*ĉu vere?* is it true?
jen! there! look! behold!	*ĉu ne?* is it not?
bis! again! encore!	

COMPOUND WORDS.

It is often convenient to form compound words, as *poŝtkarto, forpeli, ĉiuminute, stacidomo, senmove, telertuketo*. When this is done, the word expressing the principal idea is placed last.

Generally it is sufficient to use the *root* of the qualifying word, but if the sound or sense requires it, the whole word is taken, as *unutaga* means "of one day"; *unuataga*, "of the first day."

* * * * *

ARRANGEMENT OF WORDS IN THE SENTENCE.

In English the sense often depends entirely on the order of the words, *e.g.*, the sentence "John saw George" would mean something quite different if reversed—"George saw John." But in Esperanto, thanks to the accusative n, the endings a and e for participles, and the pronoun si, the order of words may be varied without altering the sense. "Georgon vidis Johano" means exactly the same as "Johano vidis Georgon."

But though the meaning can in most cases be understood whatever the order of the words, it is best to adopt the simplest arrangement, and to follow the natural course of thought, which is, first, that about which we think, then that which we think about it.

English students may frame their sentences exactly as they would in their own language. In Esperanto, as in English, the arrangement is sometimes altered, either for emphasis, as *Laŭdata estu Dio!* Praised be God!; or to please the ear, as *Oni min admiras*, instead of *Oni admiras min*, People admire me.

Note.—Care must be taken in placing the word "ne." Its usual place is before the verb, when it negatives the whole sentence. Study the effect of placing *ne* in different positions in the sentence *Mi deziras vidi Johanon kaj lian fraton*, I wish to see John and his brother:—

(i.). *Mi ne deziras vidi Johanon kaj lian fraton*, I do not wish to see John and his brother.

(ii.). *Mi deziras ne vidi Johanon kaj lian fraton*, I wish not to see John and his brother, *i.e.*, I wish to avoid seeing them.

(iii.). *Mi deziras vidi ne Johanon, sed lian fraton*, I wish to see not John, but his brother.

(iv.). *Mi deziras vidi Johanon kaj ne lian fraton*, I wish to see John and not his brother.

Ne tute means "not quite," while *tute ne* means "not at all."

Jam ne means "no longer." "Not yet" is *ankoraŭ ne*.

Words which are already international, such as *microscope, telephone, automobile*, etc., are adopted unchanged, except as to the spelling and termination, as *mikroskopo, telefono, aŭtomobilo*.

WORDS USED WITH THE OBJECT.

As already said, when an adjective or participle (or a noun) is added to the object simply as a describing word, it takes *n* like the object, as *Li perdis sian novan libron* (*aŭ*, sian libron novan), He lost his new book. *Ŝi trankviligis la kriegantan infanon* (aŭ, *la infanon kriegantan*), She pacified the screaming child. *Li vizitis sian fraton Johanon*, He visited his brother John. ("John" shows *which* brother).

But if the adjective, participle, or noun is used not merely to describe, but indirectly to tell something about the object, it does not take *n*. A comparison of the following sentences will make this clear:—

1. *Li trovis la pomojn maturajn.* He found the ripe apples.
   Li trovis la pomojn maturaj. He found (that) the apples (were) ripe.
2. *Li trovis la kruĉon rompitan.* He found the broken jug.
   Li trovis la kruĉon rompita. He found (that) the jug (was) broken.
3. *Li kolorigis la drapon ruĝan.* He dyed the red cloth.
   Li kolorigis la drapon ruĝa. He dyed the cloth red.
4. *Li tranĉis (aŭ faris) la veston tro mallongan.* He cut (or made) the too-short coat (the coat that was too short).
   Li tranĉis la veston tro mallonga. He cut the coat (so that it was) too short.
5. *Li nomis la knabon mensogisto.* He called the boy a liar.

Compare this use of words with the following:—

He made his father angry (or, be angered). *Li kolerigis sian patron,* or, *li igis sian patron kolera.*

The loss drove him mad. *La perdo frenezigis lin,* or, *igis lin freneza.*

It rendered the gun useless. *Ĝi senutiligis la pafilon,* or, *igis la pafilon senutila.*

COMPLETE GRAMMAR OF ESPERANTO.
By Dr. Zamenhof.

A.—*Alphabet.*

Aa, Bb, Cc, Ĉĉ, Dd, Ee, Ff, Gg, Ĝĝ, Hh, Ĥĥ, Ii, Jj, Ĵĵ, Kk, Ll, Mm, Nn, Oo, Pp, Rr, Ss, Ŝŝ, Tt, Uu, Ŭŭ, Vv, Zz [Footnote: Names of the letters: a, bo, co, ĉo, do, e, fo, go, ĝo, ho, ĥo, i, jo, ĵo, ko, lo, mo, no, o, po, ro, so, ŝo, to, u, ŭo, vo, zo.]

Remark.—Presses which do not possess the accented letters can use instead of them ch, gh, hh, jh, sh, u.

B.—*Rules.*

(1) There is no indefinite Article; there is only a definite article (*la*), alike for all sexes, cases, and numbers.

Remark.—The use of the article is the same as in the other languages. People who find a difficulty in the use of the article need not at first use it at all.

(2) SUBSTANTIVES have the termination *o.* To form the plural the termination *j* is added. There are only two cases: nominative and accusative; the latter is obtained from the nominative by the addition of the termination *n.* Other cases are expressed by the aid of prepositions (the genitive by *de,* the dative by *al,* the ablative by *per,* or other prepositions according to sense).

(3) The ADJECTIVE ends in *a.* Case and number as with the substantive. The Comparative is made by means of the word *pli,* the Superlative by *plej;* with the Comparative the conjunction *ol* is used.

(4) The fundamental NUMERALS (they are not declined) are: *unu, du, tri, kvar, kvin, ses, sep, ok, naŭ, dek, cent, mil.* The tens and hundreds are formed by simple junction of the numerals. To mark the ordinal numerals the termination of the adjective is added; for the multiple—the suffix *obl,* for the fractional—*on,* for the collective—*op,* for the distributive—the word *po.* Substantival and adverbial numerals can also be used.

(5) Personal PRONOUNS: *mi, vi, li, ŝi, ĝi* (referring to thing or animal), *si, ni, vi, ili, oni;* the possessive pronouns are formed by the addition of the adjectival termination. Declension is as with the substantives.

(6) The VERB undergoes no change with regard to person or number. Forms of the verb; time *being* (Present) takes the termination-*as;* time *been* (Past)-*is;* time *about to be* (Future)-*os;* the Conditional mood-*us;* the Ordering mood-*u;* the Indefinite-*i.* Participles (with an adjectival or adverbial sense): active present-*ant;* active past-*int;* active future-*ont;* passive present-*at;* passive past-*it;* passive future-*ot.* All forms of the passive are formed by the aid of a corresponding form of the verb *esti* and a passive participle of the required verb; the preposition with the passive is *de.*

(7) ADVERBS end in *e;* degrees of comparison as with the adjectives.

(8) *All* the PREPOSITIONS require the nominative.

(9) *Every* word is read as it is written.

(10) The ACCENT is *always* on the penultimate syllable.

(11) COMPOUND WORDS are formed by simple junction of the words (the chief word stands at the end); the grammatical terminations are also regarded as independent words.

(12) When another NEGATIVE word is present the word *ne* is left out.

(13) In order to show DIRECTION words take the termination of the accusative.

(14) Each PREPOSITION has a definite and constant meaning; but if we have to use some preposition and the direct sense does not indicate to us what special preposition we are to take, then we use the preposition *je* which has no meaning of its own. Instead of the preposition *je* we can also use the accusative without a preposition.

(15) The so-called FOREIGN WORDS, that is, those which the majority of languages have taken from one source, are used in the Esperanto language without change, merely obtaining the spelling of the latter; but with different words from one root it is better to use unchanged only the fundamental word and to form the rest from this latter in accordance with the rules of the Esperanto language.

(16) The FINAL VOWEL of the substantive and of the article can be dropped and replaced by an apostrophe.

* * * * *

COMMON USEFUL EXPRESSIONS.

tio estas, i.e., that is.
kaj cetere, k.c., etcetera.
kaj tiel plu, k.t.p., and so on.
kiel ekzemple, k.ekz., as for example.
kiel elbe plej (baldaŭ), as (soon) as possible.
kio ajn okazos, whatever happens (shall happen).
kondiĉe, ke, on the condition that.
kun la kondiĉo, ke, on the condition that.

Bonan tagon, sinjoro.	Good day, sir.
Kiel vi fartas?	How do you do?

Tre bone, mi dankas.	Very well, I thank you.
Mi dankas vin.	I thank you.
Dankon.	Thanks.
Multe da dankoj.	Many thanks.
Vi estas tre ĝentila (afabla).	You are very kind.
Vi estas tre kompleza.	You are very obliging.
Mi malsatas.	I am hungry.
Mi soifas.	I am thirsty.
Al mi estas varme (malvarme).	I am warm (cold).
Kiu estas tie? Estas mi.	Who is there? It is I.
Sidiĝu, mi petas.	Be seated, I beg (you).
Kun plezuro.	With pleasure.
Kion vi bezonas?	What do you want?
Ĉu vi min komprenas?	Do you understand me?
Vi estas prava (malprava)	You are right (wrong).
Tio estas vera.	That is true.
Estas vera, ke . . .	It is true that . . .
Je kioma horo vi foriros?	At what time are you going?
Kioma horo estas?	What time is it?
Kiom kostas tio ĉi?	How much does this cost?
Ĝi kostas tri ŝilingojn.	It costs three shillings.
Kie vi estas?	Where are you?
Kien vi iras?	Where are you going?
Kian aĝon li havas?	How old is he?
Antaŭ unu semajno.	A week ago.
Post du tagoj.	In two days.
Li venos ĵaŭdon.	He will come on Thursday.
Pasigu al mi la panon, mi petas vin.	Pass me the bread, I beg you (please).
Estas li mem!	It is himself!
Tiom pli bone	So much the better!
Oni diras, ke . . .	They say, that . . .
Neniu tion diras.	Nobody says that.
Kio okazis?	What has happened?
Ĉu vi konas Sinjoron A.?	Do you know Mr. A.?
Mi scias, kiu li estas, sed mi ne konas lin.	I know who he is, but I do not know him.
Ĉu estas leteroj por mi?	Are there letters for me?
Rapidu.	Be quick.
Ne diru tion.	Do not say that.
Ne faru tion.	Do not do that.
Kia estas la vetero? Kian veteron ni havas?	What kind of weather is it?
Pluvas; neĝas.	It rains; it snows.
Pluvis la tutan nokton.	It rained all night long.
Estas bela, varmege.	It is fine, hot.
Ĉu mi tion faru?	Shall I do that?

LETTERS.

(*a*). Beginnings.

Kara, dear.

Mia kara, my dear.

Estimata, esteemed.

Estiminda, estimable.

Respektinda,respect-worthy.

Honorinda honourable.

Patro, amiko, etc., father, friend, etc.

Samideano, fellow-thinker.

Kunlaboranto, fellow-worker.

Sinjoro, Sir.

Sinjoroj, Gentlemen, Sirs.

Sinjorino, Madame, Mrs.

Fraŭlino, Miss.

(*b*). Endings.

Kun (koraj, amikaj) salutoj, with (hearty, friendly) greetings.

Kun (alta, granda) estimo, with (high, great) esteem.

Kun (miaj, ĉiuj) bondeziroj, with (my, all) good wishes.

Kun (multe da) amo, with (much) love.

Via, La via, yours.

Via, (tre) vin amanta, your (very) loving.

Via, tre sincere, fidele, etc., yours very sincerely, faithfully, etc.

Ĉiam via, yours always.

Tre sincere via, very sincerely yours.

KEY TO EXERCISES.

1.

A father and a brother. A lion is an animal. A rose is a flower and a pigeon is a bird. The rose belongs to Theodore. The sun shines. The father is a tailor. Where are the book and the pencil? Here is an apple. On the ground lies a stone. On the window lie a pencil and a pen. The son stands by the father. Here lies the hat of the father (the father's hat). The father is in the room. Before the house is (stands) a tree.

What is a lion? What is a rose? What shines? What is the father? Where is the father? What is on the window? Where is the pen?

Is a lion an animal? Yes, a lion is an animal. Is a rose a bird? No, a rose is not a bird, a rose is a flower.

2.

The father is well. A child is not a mature man. The sky is blue. A lion is strong. The father is good. The hand of John (John's hand) is clean. (Some, *or*, a) paper is white. White paper lies on the table. Here is the young lady's exercise book. In the sky stands (is) the beautiful sun. The paper is very white, but the snow is more white (whiter). Milk is more nutritious than wine. The bread is fresh. The uncle is richer than the brother. Here lies (is) a red rose. The dog is very faithful. The book is new.

3.

(The) birds fly. The song of (the) birds is pleasant. Where are the boys? The fathers are well. Children are not mature men. Lions are strong. John's hands are clean. Here are the young ladies' exercise books. The uncles are richer than the brothers. The dogs are very faithful. White papers lie on the table. In the room are new hats. Where are the sharp knives? Good children are diligent. Here lie (are) pure white delicate lilies. The teeth of lions (lions' teeth) are sharp.

4.

I read. You write. He is a boy, and she is a girl. We are men. You are children. They are Russians. Where are the boys? They are in the garden. Where are the girls? They also are in the garden. Where are the knives ? They are (lie) on the table. The child cries, because it wants to eat. Sir, you are impolite. Gentlemen, you are impolite. Tkey say that (the) truth always conquers. The house belongs to him. I come from (the) grandfather, and I go now to (the) uncle. I am as strong as you. Now I read, you read, and he reads, we all read. You write and the children write, they (you) all sit silent and write.

My dog, you are very faithful. He is my uncle, for my father is his brother. Of all my children, Ernest is the youngest. His father and his brothers are in the garden. Her uncle is in the house. Where are your books ? Our books are (lie) on the table; their pencils and their paper also are (lie) on the table.

Who is in the room ? Who are in the room ? The gentleman who is reading is my friend. The gentleman to whom you are writing is a tailor. What is lying on the table ?

5.

I see a lion (lions). I read (am reading) a book (books). I love (the) father. I know John. (The) father is not reading a book, but he is writing a letter. I do not like obstinate people. I wish you good-day, sir. Good morning! A joyous festival (a pleasant holiday) (I wish you). What a joyful festival (it is to-day) ! In the day we see the bright sun, and at night we see the pale moon and the beautiful stars. We have newer bread than you. No, you are wrong, sir, your bread is less new (staler) than mine. We call the boy, and he comes. In (the) winter they heat the stoves. When one is rich one has many friends. He loves me, but I do not love him. Mr. P. and his wife love my children very much; I also love theirs very much. I do not know the gentleman who is reading.

6.

Why do you not answer me? Are you deaf or dumb? What are you doing?

The boy drove away the birds. From (the) father I received a book, and from (the) brother I received a pen. (The) father gave me a sweet apple. Here is the apple which I found. Yesterday I met your son, and he politely greeted me. Three days ago (before three days) I visited your cousin, and my visit gave (made) to him pleasure. When I came to him he was sleeping, but I woke him.

I will relate to you a story. Will you tell me the truth? To day is Saturday, and to-morrow will be Sunday. Yesterday was Friday, and the day after to-morrow will be Monday. [Footnote: Notice that in these two sentences *ankoraŭ* and *iam* express different meanings of the English word "yet."] Have you yet found your watch? I have not yet looked for it; when I have finished (shall finish) my work I will look for my watch, but I fear that I shall not find it again. If you (shall) conquer us, the people will say that only women you conquered. When you (shall) attain the age of fifteen years you will receive the permission.

7.

I love myself, you love yourself, he loves himself, and every man loves himself. I take care of her (so) as I take care of myself, but she takes no care at all of herself, and does not look after herself at all. My brothers had guests to-day; after supper our brothers went with the guests out of their (our brothers') house and accompanied them as far as their (the guests') house. I washed myself in my room, and she washed herself in her room. The child was looking for its doll; I showed the child where its doll lay. She related to him her adventure. She returned to her father's palace. Her flowers she tended not. My brother said to Stephen, that he loved him more than himself.

8.

Two men can do more than one. I have only one mouth, but I have two ears. He walks out with three dogs. He did everything with the ten fingers of his hands. Of her many children some are good and others bad. Five and seven make twelve. Ten and ten make twenty. Four and eighteen make twenty-two. Thirty and forty-five make seventy-five. One thousand eight hundred and ninety-three. He has eleven children. Sixty minutes make one hour, and one minute consists of sixty seconds.

8a.

January is the first month of the year, April is the fourth, November is the eleventh, and December is the twelfth. The twentieth day of February is the fifty-first day of the year. The seventh day of the week God chose to be (that it should be) more holy than the six first days. What did God create on the sixth day? What (which) date is it (have we) to-day? To-day is the twenty-seventh (day) of March. Christmas Day is the 25th of December, New Year's Day is the 1st of January, One does not easily forget one's first love.

9.

I have a hundred apples. I have a hundred (of) apples. This town has a million of inhabitants. I bought a dozen (of) spoons, and two dozen (of) forks. One thousand years (or, a thousand of years) make a millennium.

Firstly, I return to you the money which you lent to me; secondly, I thank you for the loan; thirdly, I beg you also afterwards (on a future occasion) to lend to me when I (shall) require money.

9a.

Three is half of six, eight is four-fifths of ten. Four metres of this stuff cost nine francs, therefore two metres cost four and a-half francs. One day is a three hundred and sixty-fifth or a three hundred and sixty-sixth of a year.

Five times seven are thirty-five. For each day I receive five francs, but for to-day I have received double pay, that is, ten francs.

These two friends walk out always (two) together. Five together they threw themselves upon me, but I overcame all five assailants.

10.

Give (to) the birds water, for they want to drink. Alexander will not learn, and therefore I beat Alexander. Who has courage (dares) to ride on a lion? I was going to beat him, but he ran away from me.

Do not give your hand to a lion. Relate (tell) to my young friend a beautiful story. Tell father that I am diligent. Tell me your name. Do not write to me such long letters. Show me your new coat. Child, do not touch the looking-glass. Dear children, always be honest. Do not listen to him.

He says that I am attentive. He begs me to be attentive. Tell him not to chatter. Ask him to send me a candle. The cottage is worth your buying (worthy that you should buy it). She strongly desired that he (should) remain alive.

Let him come, and I will forgive him. Let us be gay, let us use life well, for life is not long. Let him not come alone, but come with his best friend. I already have my hat; now look for yours.

11.

If the pupil knew his lesson well, the teacher would not punish him. If you knew who he is, you would esteem him more.

They raised one hand upwards as if they were holding something. If I really were beautiful, others would try to imitate me. Oh! if I were (had) already the age of fifteen years!

12.

To remain with a lion is dangerous. The knife cuts well, for it is sharp. Go more quickly. He shut the door angrily. His speech flows softly and pleasantly. We made the contract not in writing, but by word of mouth. An honest man acts honestly. The pastor who died a short time ago lived long in our city. Did you not get it back? He is sick unto death. The iron rod which was in the stove (fire) is burning; hot. Paris is very gay. Early in the morning she drove to the station.

Forgive me that I stayed so long. His anger lasted long. He is to-day in an angry temper. The king soon sent again another good-hearted official. This evening we shall have a ball. Where are you? Away from here! (Get away!).

Where did he drive away to? She ran home. We went forward like furies. Everything was right (good), and we went on further. The lady glanced back. The sailors demanded to go back (required that one should go back). I hung it here, for it saved my life. I never sent here.

13.

My brother is not big, but he is not little, he is of medium growth. A hair is very thin. The night is so dark that we can see nothing even before our nose. This stale bread is hard as stone. Naughty children love to torment animals. He felt (himself) so miserable that he cursed the day on which he was born. We greatly despise this base man. The window was long unclosed; I closed it, but my brother immediately opened it again. A straight road is shorter than a curved. Do not be ungrateful.

The wife of my father is my mother, and the grandmother of my children. My sister is a very beautiful girl. My aunt is a very good woman. I saw your grandmother with her four granddaughters, and with my niece. I have an ox and a cow. The young widow became again a fiancée.

14.

He gave me money, but I immediately returned it to him. I am going away, but wait for me, for I shall soon return. The sun is reflected in the clear water of the river. He returned to his country. She threw herself again upon the seat.

In the course of a few minutes I heard two shots. The firing continued for a very long time. His speech of yesterday was very fine, but too much speaking tires him. He is singing a very beautiful song. Singing is an agreeable occupation. With my hand I kept on briskly rubbing him. The rain kept on falling in rivers. Every minute she kept looking out through the window and cursing the slow motion of the train.

I leap very cleverly. I started with surprise. I used to jump all day long from place to place. When you began to speak I expected to hear something new. The diamond has a beautiful sparkle. She let the diamond flash. Two flashes of lightning passed across the dark sky.

15.

I am (being) loved. I was (being) loved. I shall be (being) loved. I should be (being) loved, Be (being) loved. To be (being) loved. You have been washed. You had been washed. You will have been washed. You would have been washed. Be (having been) washed. To have been washed. He is to be invited. He was (going) to be invited. He will be (about to be) invited. He would be (about to be) invited. Be about to be invited. To be about to be invited. This commodity is always willingly bought by me. The overcoat was (has been) bought by me; consequently it belongs to me. When your house was being built, my house had already been built a long time. I give notice that from now my son's debts will not be paid by me. Be easy; my whole debt will soon have been paid to you. My gold ring would not be so long (being) sought for if it had not been so cleverly hidden by you. According to the plan of the engineers this railway is going to be constructed in the space of two years; but I think that it will be being constructed (in construction) more than three years. When the prayer was (had been) finished he rose.

Augustus is my best loved son. Money in hand is more important than (money) had. A sparrow (which has been) caught is better than an eagle (which is) going to be caught.

<h2 style="text-align:center">16.</h2>

Flowing water is purer than water standing still. The fallen man cannot raise himself. (The) time past will never more return; (the) time to come no one yet knows. Come, we await you, Saviour of the world. In the language Esperanto we see the future language of the whole world. The number of the dancers was great. It is the legend which true believers always repeat. He led the traveller to the place where the thieves were resting. (To) a man who has sinned unintentionally God easily pardons. The soldiers led the prisoners (arrested) through the streets. A man whom one has to judge is one to be judged (prisoner at the bar).

<h2 style="text-align:center">16a.</h2>

Now he tells me the truth. Yesterday he told me the truth. He always told me the truth. When you saw us in the drawing-room he had already (previously) told me the truth. He will tell me the truth. When you (shall) come to me, he will previously tell me the truth (or, he will have told me the truth; or, before you (will) come to me, he will tell me the truth). If I were to ask him, he would tell me the truth. I should not have made the mistake if he had previously told me the truth. When I (shall) come, tell me the truth. When my father (shall) come, tell me beforehand the truth. I wish to tell you the truth. I wish that that which I said should be true (or, I wish to have told the truth).

<h2 style="text-align:center">17.</h2>

Walking in the street, I fell. Having found an apple, I ate it. He came to me quite unexpected. He went meditating (deeply) and very slowly. We were ashamed, having received instruction from the boy. The imperial servant went out, taking with him the bracelet. Profoundly saluting, he related that the thief had been caught. Without saying a word, the duchess opened her jewel-case. Having worked a year, and having saved a few dollars, I married (with) my Mary. Having crossed the river, he found the thief. Looking (having looked) by chance on the floor, she saw some book, forgotten probably by a departed traveller.

18.

The bootmaker makes boots and shoes. Nobody lets thieves into his house. The brave sailor was drowned in the sea. An author writes books, and a writer simply copies papers. We have various servants-a cook, a housemaid, a nurse, and a coachman. (He) who occupies himself with mechanics is a mechanic, and (he) who occupies himself with chemistry is a chemist. A diplomatist we can also call a diplomat, but a physicist we cannot call a "physic," for "physics" is the name of the science itself. One day there came two cheats, who said that they were (are) weavers.

19.

They so hindered me that I spoiled the whole of my work. Send away your brother, for he hinders us. Fetch the doctor, for I am ill. He procured for himself many books from Berlin.

He grew pale with fear, and afterwards he blushed from shame. In the spring the ice and the snow melt. In the muddy weather my coat became very dirty; therefore I took a brush and cleaned the coat. My uncle did not die (by) a natural death, but nevertheless he did not kill himself, and also was killed by nobody; one day, walking near the railway lines, he fell under the wheels of a moving train, and was killed. I did not hang my cap on this little tree; but the wind blew away the cap from my head, and it, flying, became hung (got caught) on the branches of the little tree. Seat yourself (or, sit down), sir.

His gloomy face made his friend laugh. The whole night they passed awake, and lighted more than sixteen candles. I divested the child of his night clothes, and stood him in the tub; afterwards I dried him. He made friends with evil companions. A poor Hebrew wished to become a Christian. The bottle fell and broke. She became his wife. Little by little she became quite calm.

20.

The sea is deeper there than any anchor can reach. In some (any) way. Without any reproach of conscience. I know in what sort of place I shall certainly find him. What kind of weather is it? What harm have I done to you? In that way he did everything. He invited him to come into such and such a place. Not every sort of bird sings. Beyond all doubt. No (kind of) man deserves such a punishment. Such books are harmful. At times he visits us.

For some reason he could not sleep. Why do you not answer me? I did not understand your question, therefore I did not answer. People do not understand one another, and therefore they hold themselves aloof. For every reason that is the best.

I once loved you. What lives must of necessity some time die. When shall you go away? In the moonlight night, when all were asleep, then she sat on the edge or the ship. Be for ever blessed! She had never seen a dog before.

20a.

Where are the boys? Where did you go? I am staying here. He lost his purse somewhere in the town, but where he lost it he does not know. I willingly came from there here. He begged her to tell him whence she came (whence she comes). For youth there are snares everywhere. Everywhere are flowers, and nowhere can one find more beautiful (ones).

How beautiful! Am I fit for a king? So finished the happy day. They shone like diamonds. How are you? Somehow he misunderstood me. My wife thought the same as I. I cannot understand at all what you say. Very strange and quite incomprehensible! I, as president, elected him. I chose him as president.

Whose glove is this? I never take that one's opinion. Suddenly she heard somebody's loud disagreeable voice. Everybody's idea is different. A good friend, without whose help he would never have seen this land. Somebody's loss is not always somebody's gain. Someone's loss is often no one's gain.

20b.

I feel that something is happening. Never did I give you anything. I wish to do something good for (to) you. What is this? What kind of ornament is this? What do I see? This is all I spoke of. I will give up nothing to you. Do nothing against your mother. Before all, be faithful to yourself. She began to feel something such as (which) she herself in the beginning could (can) not understand.

She spoke a little angrily. The pupils of the eyes little by little contracted. Who is so unreasonable (senseless) that he can believe it? How much money have you? I have none. Give me as much water as wine.

Somebody comes; who is it? Would anybody have the courage to do that? Everybody tried to save himself as he could. A language in which nobody will understand us. None of them could save the drowning person. He helped nobody ever (never helped anybody) even with one centime. We shall go all together. I know nobody in that town. This is beyond all human strength.

20c.

Where I am travelling from, whither and why, I can only answer: I know not. They begged him to delay a little (with) his departure. These nests are often larger than the huts of the people of that place. He departed with the firm resolve to leave for ever this ungrateful land. If anyone were to see that, he would curse Fortune. I would give a hundred pounds sterling if ox tongue could have for me such a good taste as for you. What time is it? Nearly (soon) twelve o'clock.

21.

On a hot day I like to walk in a wood. They opened the gate noisily, and the carriage drove into the courtyard. This is no longer simple rain, but a downpour. A huge dog put its forepaw on me, and from terror I did not know what to do. Before our army stood a great series of cannon. (In) that night a terrible gale blew. With delight. He longed to go away again.

Immediately after heating the stove was hot, in an hour it was only warm, in two hours it was only just warm, and after three hours it was already quite cold. I bought for the children a little table and some little seats. In our country there are no mountains, but only hills. In summer we find coolness in thick woods. He sits near the table and dozes. A narrow path leads through this field to our house. On his face I saw a joyful smile. Before the woman appeared a pretty little dog. Pardon, he whispered.

22.

With (by means of) an axe we chop, with a saw we saw, with a spade we dig, with a needle we sew, with scissors we clip. The knife was so blunt that I could not cut the meat with it, and I had to use my pocket knife. Have you a corkscrew to uncork the bottle? I wished to lock the door, but I had lost the key. She combs her hair with a silver comb. In summer we travel by various vehicles, and in winter by a sledge. To-day it is beautiful frosty weather; therefore I shall take my skates and go skating. The steersman of the "Pinta" injured the rudder. The magnetic needle. The first indicator in most illnesses is the tongue. He put it on the plate of a pair of scales.

23.

The sailors must obey the captain. All the inhabitants of a state are citizens (subjects) of the state. Townsfolk are usually sharper than villagers. The Parisians are gay folk. Our town has good policemen, but not a sufficiently energetic chief constable. Lutherans and Calvinists are Christians. Germans and Frenchmen who live in Russia are Russian subjects, although they are not Russians. He is an awkward and simple provincial. The inhabitants of one state are fellow-countrymen, the inhabitants of one town are fellow-citizens, the professors of one religion are co-religionists. Those who have the same ideas are fellow-thinkers.

The ruler of our country is a good and wise king. The governor of our province is strict but just. Our regimental chief (colonel) is like a good father to (for) his soldiers. They are as (equally) proud as a housewife of her house. On the engine the engine-driver sat alone. The emperor, accompanied by the empress, had just entered (into) his box.

24.

Our country will conquer, for our army is large and brave. On a steep ladder he raised himself to the roof of the house. I do not know the Spanish language, but by help of a Spanish-German dictionary, I nevertheless understood your letter a little. On these vast and grassy fields feed great herds of beasts, especially flocks of fine-woolled sheep. The train consisted almost entirely (only) of passenger coaches. They put before me a cover (table requisites), which consisted of a plate, spoon, knife, fork, a small glass for brandy, a glass for wine, and a serviette. On the sea was a great ship, and among the rigging everywhere sat sailors. His escort stood at the back of the box. Dark ranges of mountains bar the way.

A florin, a shilling, and a penny are coins. A grain of sand fell into my eye. One spark is enough to explode gunpowder.

25.

A poor wise man dined with a miserly rich man. A fool everyone beats. He is a liar and a despicable man. A coward fears even his own shadow. This old man has become quite silly and childish. A learned man undertook an important scientific work. Only saints have the right to enter here. He only is the great, the powerful (One). It is not the legend about the beauty Zobeida. After an infectious disease the clothes of the patient are often burned. The curse of the prophet is over the head of an ungrateful one. After some minutes the brave man went out. All the saints, help!

(Lesson 26 no Exercise).
27.

She returned to her father's palace. They both went to the mayor. Did I not do good to you? She told him nothing. She wrote him a letter. He every day teaches people something which they do not know. They flew towards the sun. One sister promised the other to tell her what she saw, and what most pleased her the first day. Perhaps he will forgive you. She did not believe her own ears. He did not know that he had (has) to thank her [for] his life. She saved his life. The witch cut off the tongue of the mermaid.

28.

I lived with her father. It fell to (on) the bottom of the sea on the breaking up of the ship. By [the] light of torches. Arm in arm. There seized him some fear at the thought. Nothing helps; one must only bravely remain of his [own] opinion. She laughed at his recital. At every word which you (will) speak, out of your mouth will come either a flower or a precious stone.

He stopped near the door. The serpent crawled about her feet. When he was with me, he stood a whole hour by the window. I lived in a tree near your house. She planted near the statue a rose-red willow. The wayside trees.

29.

The bird flies in the room (= it is in the room and flies [about] in it). The bird flies into the room (= it is outside the room, and now flies into it). I am travelling in Spain. I am travelling to (into) Spain. What to do then (is to be done) in such a case? I am in a good temper. He whispered to the queen in the ear. In consequence of this occurrence. I should prefer to stay here in peace. Her birthday was exactly in the middle of winter. He glanced into the child's eyes. He was a tall handsome man of the age of forty years. In the whole of my life. At the end of the year. Hand in hand. Entering (having entered) the carriage, she sat as if on pins. Corn is ground into flour. Alexander turned into dust. He divided the apple into two parts.

30.

Between Russia and France is Germany. They divided among them twelve apples. Between ten and eleven o'clock in the morning. Between the pillars stood marble figures. Near the wall between the windows stood a sofa. They talked long among themselves. In this disease an hour may decide between life and death. In the interval between the speeches they set off fireworks.

I am standing outside the house, and he is inside. He is outside the door. Now we are out of danger. He lives outside the town. Standing outside, he could only see the outer side of our house. He pointed outside into the darkness. I left him outside. This man is better outwardly than within.

He went out of the town. He has just returned from foreign parts. With extraordinary vivacity she jumped out of the carriage (of the train). She put a crown of white lilies on her (another's) head (hair). He made use of the opportunity. These nests are made wholly of earth. She was the bravest of all. Now you have grown up! He went out of the bedroom, and entered into the dining-room. The Esperanto alphabet consists of twenty-eight letters.

31.

I am sitting on a seat and have my feet on a little bench. He came back with a cat on his arm. I put my hand on the table. He fell on his knees. Do not go on the bridge. He threw himself in despair on a seat. He slapped him on the shoulder and pressed him down on to the sofa. I seated myself in the place of the absent stoker. Fruit-culture must influence for good those who are occupied with it.

Over the earth is air. His thoughts rose high above the clouds. She received permission to rise above the surface of the sea. They could rise on the high mountains high above the clouds. He stands above on the mountain, and looks down on to the field. She sat on the water and swung up and down.

From under the sofa the mouse ran under the bed, and now it runs [about] under the bed. She often had to dive under the water. To (under) the sound of music they danced on the deck. Under her gaze blossomed the white lilies. She sank under the water. She swam up at sunset.

32.

He is so stout that he cannot go through our narrow door. She looked up through the dark-blue water. Through the roseate air shone the evening star. The sound of the bells penetrates down to her. They glide among the branches. On the fireplace between two pots stands an iron kettle; out of the kettle, in which is boiling water, goes steam; through the window, which is near the door, the vapour goes into the court.

The swallow flew across the river, for across (on the other side of) the river were other swallows. They can fly on ships across the sea. "Why did Hannibal go across the Alps? Because then the tunnel was not yet ready." It is impossible that they should have gone across the ocean. Everything was turned upside down.

We passed by the station. At this moment the abbot passes by. In passing, I asked him if it were (is) yet twelve o'clock. The mill cannot grind with the water that is past.

33.

Before them stood a church. Before such men it is worth while to speak. Often in the night she stood before the window. I am guilty towards (before) you. An hour ago. A short time ago he woke up very hoarse. Not long ago the house was sold publicly. Do not go before you know that everything is in order. I must let them sweep out the room before we (shall) begin to dance. I was there the previous year. Formerly I never thought about wealth. It was with (to) her as the witch prophesied.

He remained behind the door. Little by little. She began eagerly to read page after page. She looked after him with a smile. After some minutes the sun rose. She threw her arms backwards and forwards. We shall stay some weeks in Paris; afterwards we shall travel into Germany.

34.

During the whole day (or, the whole day) he remained alone. During (for) some months she did not leave her room. He slept during the whole concert (or, the whole concert). While the preparations lasted, he was a guest of the king. While he is journeying on the road to Granada, in Santa Fé his fate is being decided.

They used to work until late at night. The plate of the scales sank to the ground. Its rays crept up to the dome. Lend me ten roubles until to-morrow. He worked on from early morning till late at night. He will fight to the very end. We kept going up always higher and higher to the fourth story. It will exist until the world shall perish.

The king came about midday into the village of Reading. About morning the gale ended. About ten metres will be sufficient. All gathered round the glass globe. One can look very far round about. Great mountains of ice floated around. He looked around on all sides.

35.

The light of the moon. In the middle of the square stood a house. He might be of the age (have the age) of sixteen years. Their lifetime is still shorter than ours. They rose from beside the table. I thought that you would (will) never return from thence. The sailors took down the sails. He dismounted from the horse.

A wine glass is a glass in which there was wine previously, or which is used for wine; a glass of wine is a glass full of wine. Bring me a metre of black cloth. (*Metro de drapo* would mean a yard-measure which was lying on cloth, or which is used for cloth). I bought a half-score of eggs. This river has a length of two hundred kilometres (has two hundred kilometres of length). On the seashore stood a crowd of people. Many birds fly in the autumn into warmer lands. On the tree were many birds. Some people feel happiest when they see the sufferings of their neighbours. In the room were (sat) only a few people. "Da" after any word shows that this word signifies measure.

It is a beautiful piece of stuff. On the plate he put thousands of pieces of silver. The lights glitter like hundreds of stars. A boy bought a little bottle of ink. They construct little towers containing many little chambers. He gave them a great sum of money.

36.

I eat with my mouth, and smell with my nose. She trod with her foot on the serpent. It covered the lovely lily with white foam.

The body ended in a fish's tail. All the walls are decorated with great paintings. By here, and by no other way, the thief escaped. In what way can one come into the land of gold? In such a way. In one word. The star Venus began to burn with envy.

She wished to play with them, but they ran away in terror. With what attention she listened to these tales. The most beautiful of them was the young prince with the great black eyes. Hither swam the sea-maiden with the beautiful prince. With pleasure. With every year the number of members rapidly increased.

The Tartar remained without a good horse and without food. Almost without life he was driven about by the waves. They wove with all their might, but without thread (threads). Without a word he obeyed. The leaves moved ceaselessly. He created numberless birds.

37.

He treated himself in order to regain his health. She had a great deal to tell. He went into the church to make his confession. In order to pass the time somehow. Nobody is more fit for his post than he. He used all his might to please his master. For me it is all one wherever I live. Take (the pay) for the coffee.

He died of hunger. I had a very good estate, which was sold on account of debts. For heaven's sake, do not do this. He was convinced that on his own account he need not fear. On this account Venus gives more light than many other stars. Whether for that, or for some other reason, I know not.

38.

She wished to believe that the Hebrew spoke of someone else. Now the woman has everything, she can ask for nothing. Do not think about this. One cannot truly say that about you. There were still many things about which they wished to know. He could not even dream about her. She used to ask the old grandmother about that.

I remain here by order of my chief. He began to go along this river. They had permission to go up always according to their (own) will. She could dig and plant as she pleased (according to her liking). The shells closed and opened according to the flow of the water. From his outward appearance he seemed a respectable man. At the command "three" you will shoot at the tree. The younger daughter was the very picture of her father in her goodness and honesty.

39.

You have remedies against all diseases. What can he alone do against a hundred men? Contrary to his custom, the professor said nothing. It flew against the reflector. Against her own will she confessed this. He began to feel a certain disgust against himself. The opposite side. They sat down one opposite the other. She was unjust towards him. Contrary to usual, the number of dancers was great.

Instead of him his brother was sent. Instead of going out he remained in the house. An eye for an eye, and a tooth for a tooth. Instead of coffee he gave me tea with sugar, but without cream. Instead of "la" one can also say "l'" (but only after a preposition which ends with a vowel).

In the drawing-room there was nobody except him and his fiancée. Besides the empty loom there was nothing. Besides ourselves we had very little to bring in. She wished to have, besides the red flowers, only one beautiful statue. All slept, save the steersman beside his tiller. In addition to the members, many guests journey there.

40.

He worked hard, but in spite of everything he did not succeed. It was still fairly warm, notwithstanding that the sun was low. They will be severely punished if, notwithstanding the prohibition, they (shall) offend against the freedom of the road. Despite all my endeavours to prevent him, he went away.

For my four children I bought twelve apples, and to each of the children I gave at the rate of three apples. They may cost three to five shillings each. This book has sixty pages; therefore if I (shall) read every day (at the rate of) fifteen pages, I shall finish the whole book in four days. I bought four books at sixpence each.

We were only engaged about some household affairs. The structure is similar to a mushroom. They ran away when the woman cried out at them. In the evening the sky became covered with clouds. From fear of Karagara I ran away. She was very proud of her high rank. The dog sincerely mourned for him. None of them was so full of desires as the youngest girl. On word of honour.

40a.

If we need to use a preposition, and the sense does not show us what preposition to use, then we can use the general preposition "je." But it is well to use the word "je" as seldom as possible. Instead of the word "je" we can also use the accusative without a preposition. I laugh at his simplicity (or, I laugh on account of his simplicity; or, I ridicule his simplicity). The last time I saw him with you I travelled two days and one night. I sigh for my lost happiness. From the said rule it follows that if we do not know as to any verb whether it requires the accusative case after it (that is, whether it is active) or not, we can always use the accusative. For example, we can say "obei al la patro" and "obei la patron" (instead of "obei je la patro"). But we do not use the accusative when the clearness of the sense forbids it; for example, we can say "pardoni al la malamiko" and "pardoni la malamikon," but we must always say "pardoni al la malamiko lian kulpon."

41.

The photographer photographed me, and I sent my photograph to my father. You talk nonsense, my friend. I drank tea, with cake and jam. Water is a fluid. I did not wish to drink the wine, for it had in it a certain muddiness. On the table were various sweetmeats. I ate a tasty omelette. When I travel anywhere I never take with me much luggage. An ice is a sweet frozen dainty. The whole surface of the lake was covered with floating leaves and various other plants (growths). The timber merchant sells wood, and the joiner makes tables, chairs, and other wooden objects. I use no sort of alcoholics. His old mother carried on the management of the house. "An evil appearance he had," answered the Jew. She thought over the doings of the past day. It is as light as a cobweb. The train of the dress was long. They move like living beings.

He loves this girl on account of her beauty and goodness. His heroism greatly pleased me. I live with them in great friendship. We are, in fact, close to the river. This is the most important quality. Court ceremony necessitates inconvenience. The wealth of this man is great, but his foolishness is still greater.

In these little bottles are various acids—vinegar, sulphuric acid, nitric acid, and others. The acidity of this vinegar is very weak. Your wine is only some abominable acid thing. This great eminence is not a natural mountain. The height of that mountain is not very great.

42.

The house in which one learns is a school, and the house in which one prays is a church. The cook sits in the kitchen. The doctor advises me to go into a vapour-bath. The horse put one hoof on a serpent's nest. The woman used to walk through lovely woods and meadows. He came into his lodging. He stopped by the gate of the monastery.

Russians live in Russia, and Germans in Germany. My writing materials consist of an inkstand, a sand-box, a few pens, a pencil, and a blotter. In my trousers pocket I carry a purse, and in my overcoat pocket I carry a pocket book; a larger portfolio I carry under my arm. Put on the table the sugar-basin, the tea-caddy, and the teapot.

A shop in which one sells cigars, or a room in which one keeps cigars, is a cigar-store; a box or other object in which one keeps cigars is a cigar-case; a little tube in which one puts a cigar when one smokes it is a cigar-holder. A little box in which one keeps pens is a pen-box, and a little stick, on which one holds a pen to write, is a penholder. In the candlestick was a burning candle.

43.

A father and a mother together are named parents. Peter, Anne, and Elizabeth are my brother and sisters. Mr. and Mrs. N. will come to us this evening. The engaged couple stood by the altar.

I congratulated the young married pair by telegraph. The king and queen left Cordova. She married (with) her cousin, although her parents wished to marry her to another person.

My wife's father is my father-in-law, I am his son-in-law, and my father is the father-in-law of my wife. All my wife's relations are my relations by marriage, consequently her brother is my brother-in-law, her sister is my sister-in-law; my brother and sister are the brother-in-law and sister-in-law of my wife. The wife of my nephew and the niece of my wife are my nieces by marriage. A woman who treats the sick is a lady doctor; the wife of a doctor is a doctor's wife. Mrs. Dr. A. visited Dr. and Mrs. P. to-day. He is not a laundryman, he is a washerwoman's husband.

The sons, grandsons, and great-grandsons of a king are princes. The Hebrews are Israelites, for they are descended from Israel. A foal is an immature horse, a chicken an immature fowl, a calf an immature ox, a fledgeling an immature bird. That beautiful land was in a very primeval state.

John, Nicholas, Ernest, William, Mary, Clara, and Sophia are called by their parents Johnny (or Jack), Nick, Ernie, Will (or Willie or Bill or Billy), Polly (or Molly), Clarry, and Sophy.

44.

Steel is flexible, but iron is not flexible. Not every plant is edible. Glass is breakable and transparent. Your speech is quite incomprehensible, and your letters are always written quite illegibly. The darkness is impenetrable. He related to me a story altogether incredible. Perhaps I can (shall be able to) help you. Do you love your father? What a question! of course (that) I love him. Probably I shall not be able to come to you to-day, for I think that I myself shall have guests to-day. The table stands askew, and will probably soon fall over. He did his best (his possible).

He is a man unworthy of belief. Your action is very praiseworthy. This important day will remain for me for ever memorable. It is a coat of great worth. It is not worthy of thanks. The crew show [themselves] unworthy of their leader.

His wife is very hardworking and economical, but she is also very fond of talking and noisy. He is very irascible, and often becomes excited at the merest trifle; nevertheless he is very forgiving, he does not bear anger long, and he is not at all revengeful. He is very credulous; even the most incredible things, which the most untrustworthy people relate to him, he immediately believes. He is very cleanly, and you will not find even one speck of dust on his coat. He is an excellent boy, but very apt to believe [in] spirits.

45.

We all came together to talk over very important business, but we could not reach any result, and we parted. Misery often unites people, and happiness often separates them. I tore up the letter, and threw its bits into every corner (all corners) of the room. After this they separated for home. The road branched in several directions.

I willingly fulfilled his desire. In bad weather one may easily take cold. He unbuttoned his overcoat. She played with her fan. Shirts, collars, cuffs, and other similar things we call linen, although they are not always made of linen.

* * * * *

TRANSLATIONS FROM VARIOUS LANGUAGES.

* * * * *

PARDONATA FORESTO.

Oni invitis junulon al festeno. Respondante al la invito, li diris: "Mi venos plezure, se mi estos viva."

"Ho," diris la invitanta sinjorino, "se vi estos senviva, ni vin ne atendos."

El *Tutmonda Anekdotaro*.

Festeno, banquet, (dinner) party.

* * * * *

KOREKTO.

Juna fraŭlino: "Ho, S-ro profesoro! Kion povus rakonti tiu ĉi maljuna kverko, se ĝi povus paroli?!"

Profesoro: "Ĝi dirus: pardonu min, mia fraŭlino, mi ne estas kverko, sed tilio."

Ibid.

Tilio, lime tree.

* * * * *

NAIVECO.

Knabino sesjara havis katon kaj pupon. Iu demandis ŝin, kiun el la du ŝi preferas. Ŝi ne volis respondi, fine ŝi diris al li en la orelon: "Mi preferas mian katon, sed ne diru, mi petas vin, tion al mia pupo."

El *Unua Legolibro* de Kabe.

* * * * *

HAWKE.

Kiam la fama angla admiralo Hawke estis ankoraŭ knabo kaj la patro unuafoje prenis lin sur ŝipon, li admonis lin bone konduti kaj aldonis: "Tiam mi esperas vidi vin kapitano." " Kapitano!" ekkriis la knabo. "Kara patro, se mi ne esperus fariĝi admiralo, mi ne konsentus esti maristo."

Ibid.

Admoni, to admonish; *konduti*, to behave (oneself).

* * * * *

115

EFIKA RUZO.

Iu vilaĝano petis sian tre avaran najbaron, ke li metu sur la limon inter la du ĝardenoj palisan barilon, ĉar la najbara kokinaro vagadis dum la tuta tago en lia ĝardeno.

Tamen la avarulo rifuzis, kaj jam la najbaro intencis alvoki la helpon de la juĝistoj, kiam li ŝajne kontenta kvietiĝis.

Subite, je ĉies miro, oni ekvidis la malamatan avarulon starigi tre fortan lignan barilon.

"Sed, amiko," demandis la vilaĝanoj, "rakontu kiamaniere vi atingis tion."

"Nu, tre simple," li diris. "Iun matenon mi sendis al la najbaro tri aŭ kvar ovojn, dirante, ke liaj kokinoj demetis ilin en mia ĝardeno. Jam la sekvintan tagon li komencis konstrui la barilon. Tio estas ĉiam pli malkara, ol doni okupadon al la advokatoj."

El *Tutmonda Anekdotaro*.

Peti, to beg; *limo*, boundary; *paliso*, palings; *vagi*, to wander; *alvoki*, to invoke; *ŝajne*, apparently; *subite*, suddenly; *kvieta*, quiet; *advokato*, lawyer.

* * * * *

JUPITERO KAJ ĈEVALO.

—Patro de l' bestoj kaj de l' homoj!—diris ĉevalo, proksimiĝante al la trono de Jupitero—oni diras, ke mi estas unu el la plej belaj bestoj; mi mem kredas tion, tamen ŝajnas al mi, ke multon en mi oni devus plibonigi.

—Kion laŭ via opinio oni povus plibonigi en vi? Parolu, mi estas preta lerni de vi—diris Jupitero ridetante.

—Eble mi kurus ankoraŭ pli rapide, se miaj piedoj estus pli longaj kaj pli maldikaj; longa cigna kolo ornamus miri; pli larĝa brusto pligrandigus miajn fortojn; kaj ĉar vi destinis min por porti vian favoratan, homon, vi povus sur mian dorson meti pretan selon.

—Bone—diris Jupitero—atendu momenton!—kaj li kreis kamelon.

Ekvidinte la novan beston, la ĉevalo ektremis de l' timo kaj abomeno.

—Jen la altaj piedoj, kiajn vi deziris—diris Jupitero—jen la longa cigna kolo, larĝa brusto kaj preta selo. Ĉu vi deziras, ke mi tiel aliformigu vin?

El *Unua Legolibro* de Kabe.

Trono, throne; *ŝajni*, to seem; *preta*, ready; *cigno*, swan; *ornami*, to ornament; *brusto*, chest; *destini*, to destine, appoint; *selo*, saddle; *tremi*, to tremble; *abomeno*, disgust.

* * * * *

LA HOMA KORPO KAJ LA SENTOJ.

El *Serba Esperantisto.*

Petu Johanon, ke li alproksimiĝu, ke li paŝu al vi, por ke vi observu la trajtojn de lia vizaĝo.

Lia frunto estas alta kun brune blondaj haroj, liaj vangoj estas rondaj, lian mentonon kovras dika barbo, kiu kaŝas la gorĝon.

* * * * *

Johanino jam faris longan marŝon, ŝi ĵus haltis: ŝi spiras forte, ŝia kolo sin streĉas, ŝia brusto sin etendas, kaj skuiĝas ŝiaj flankoj; ŝia koro forte batas, ŝia sango rapide kuras en la arterioj kaj vejnoj; ŝia haŭto fariĝis brula.

Ŝi ŝajnas laca ne nur muskole, sed nerve kaj cerbe. Diru al ŝi, ke ŝi ripozu kaj ne restu stare, ke ŝi sidigu sin.

Nun ŝi sidas: ŝi pene klinas siajn krurojn; ŝi povas movi nek la genuojn nek la piedojn; eĉ la brakoj rigide pendas de la ŝultroj; ŝi ne plu turnas la kapon: ŝi tuj ekdormos.

* * * * *

Mi kuŝis sur la tero mem: tiam la dorso, la ventro, la membroj, eĉ la ostoj iom suferis.

* * * * *

Okulo blinda ne vidas lumon, orelo surda ne aŭdas sonojn, buŝo muta ne diras vortojn, koro fermita ne ĝuas amon.

* * * * *

Tiu ĉi frukto, antaŭe acida, estas nun matura: la nazo flaras ĝian odoron agrablan, la mano esploras ĝian glatan ŝelon, baldaŭ la dentoj mordos ĝian molan karnon kaj la lango gustumos ĝian dolĉan sukon.

* * * * *

Momenta silentu, vi faros plezuron al mi, kaj mia kapdoloro malaperos.

* * * * *

Trajto, feature; *frunto*, forehead; *bruna*, brown; *vango*, cheek; *mentono*, chin; *barbo*, beard; *gorĝo*, throat; *etendi*, to extend, to stretch out; *skui*, to shake; *sango*, blood; *arterio*, artery; *vejno*, vein; *haŭto*, skin; *muskolo*, muscle; *nervo*, nerve; *cerbo*, brain; *kruro*, leg; *ventro*, belly; *membra*, limb, member; *osto*, bone; *ĝui*, to enjoy; *esplori*, to examine; *glata*, smooth; *ŝelo*, rind, bark; *karno*, flesh; *suko*, juice.

* * * * *

ANTAŬFABELO
El *Fabeloj al Helenjo.*

El *Rusaj Rakontoj.*

Baju, baju, baju! . . .
Unu okuleto de Helenjo dormas, alia rigardas; unu oreleto de Helenjo dormas, alia aŭskultas.

Dormu, Helenjo, dormu, belulino; kaj paĉjo rakontos fabelojn. Kredeble, ĉiuj estas tie ĉi: kato, kaj vilaĝa hundo, griza museto, kaj grileto sub la forno, makulkolora sturno en kaĝo, kaj malpacema koko.

Dormu, Helenjo,—tuj la fabelo komenciĝos. Jen la alta luno jam rigardas en la fenestron; jen straba leporo, kiu lame forkuras; jen lupaj okuloj, kiuj eklumiĝas per flavaj fajretoj. Alflugas maljuna pasero al la fenestro, frapas per la beko sur vitron kaj demandas:

"Ĉu baldaŭ?" Ĉiuj estas ĉi tie, ĉiuj kolektiĝis; kaj ĉiuj atendas la fabelon al Helenjo.

Unu okuleto de Helenjo dormas, alia rigardas, unu oreleto de Helenjo dormas, alia aŭskultas.

Baju, baju, baju! . . .

MAMIN SIBIRJAK.[1]

Aŭskulti, to listen; *fabelo*, story; *griza*, grey; *muso*, mouse; *grilo*, cricket; *forno*, stove; *makulo*, spot; *sturno*, starling; *straba*, squinting; *leporo*, hare; *lupo*, wolf; *flava*, yellow; *beko*, beak; *paĉjo*, daddy.

* * * * *

EDZINIĜO DE RATINO.

El *Japanaj Rakontoj*.

Maljuna rato havis filinon. Ĝi volis edzinigi tiun ĉi kun iu plej forta en la mondo. Ĝi unue iris al la luno, pensante, ke la luno estas la plej forta en la mondo. Sed la luno diris: "Min tre ofte malhelpas la nubo, kaj mi neniel povas forpeli ĝin."

Tiam ĝi sin turnis al la nubo, pensante, ke la nubo estas pli forta, ol la luno. Sed la nubo diris: "Min ĉiam dispelas la vento, kaj mi neniam povas al ĝi kontraŭstari."

Trie ĝi iris al la vento, pensante, ke la vento estas pli forta, ol la nubo. Sed la vento diris: "La muro staras kontraŭ mi, kaj mi tute ne povas trapasi ĝin."

Fine ĝi iris al la muro, pensante, ke la muro estas pli forta, ol la vento. Sed la muro ankaŭ diris: "Via familio ĉiam min mordadas, kaj mi ne povas tion haltigi."

Jen ĝi komprenis, ke ratino nur devas edziniĝi kun rato, kaj reveninte hejmen, ĝi edzinigis sian filinon kun juna rato de sia najbareco.

K. KAJIWARA.

Nubo, cloud.

---

1   *Baju*: Rusa interjekcio; rekantaĵo por dormigi infanojn.

119

INFANA VERSAĴO.

Eta Manjo Flindre
Sidis intercindre,

Ŝin vidis patrineto,
Puniĝis filineto,

JOHN ELLIS, *el "The British Esperantist."*

Cindro, cinder, ash; *fingro*, finger.

* * * * *

LA DOMO DE ĴAK'.

Jen estas la domo konstruita de Ĵak'.

Jen estas la greno, kiu restis en la domo konstruita de Ĵak'.

Jen estas la rato, kiu manĝis la grenon, kiu restis, k.t.p.

Jen estas la kato, kiu mortigis la raton, kiu manĝis, k.t.p.

Jen estas la hundo, kiu turmentis la katon, kiu mortigis, k.t.p.

Jen estas la bovino kun kurba korno, kiu ĵetis la hundon, kiu turmentis, k.t.p.

Jen estas tutsola la virgulino, kiu melkis la bovinon, kiu ĵetis, k.t.p.

Jen estas la viro, ĉifone vestita, kiu kisis la virgulinon tutsolan, kiu melkis, k.t.p.

Jen estas la preĝisto, tute razita, kiu edzigis la viron, ĉifone vestitan, kiu kisis, k.t.p.

Jen estas la koko, matene kriinta, kiu vekis la preĝiston, tute razitan, kiu edzigis, k.t.p.

Jen estas la farmomastro, grensemanta, kiu posedis la kokon, matene kriintan, kiu, k.t.p., k.t.p.

El "The Esperantist"

Rato, rat; *kato*, cat; *kurba*, curved; *korno*, horn; *sola*, alone, solitary; *melki*, to milk (milk is *lakto*); *ĉifono*, rag; *farmi*, to farm, take on lease; *semi*, to sow seed; *posedi*, to possess.

* * * * *

EZOPA FABELO.

Unu azeno trovis leonan felon. Ĝi ricevis la ideon vesti sur sin la felon, kaj ŝajnigante sin leono, terurigi la homojn kaj bestojn. Pensite, farite. La azeno ŝajnis esti potenca leono.

La unua viva estaĵo, kiun ĝi renkontis, estis malriĉa sed talenta komercisto, portanta kelkajn komercaĵojn sur sia dorso. Li teruriĝis vidante la leonon, kio tre amuzis la azenon. Nun la azeno, intencante pligrandigi la efikon, ekblekis:—ia,—ia,—ia, . . . Sed jen nia komercisto rekonis la azenon per ĝia voĉo, kaptis ĝin kaj devigis ĝin—vendi malkarege la leonan felon.

El "Lingvo Internacia."

A zeno, ass; *felo*, hide; *ŝajni*, to seem to be; *komerci*, to trade;
dorso, back; *intenci*, to intend; *bleki*, to cry (like an animal);
kara, dear; *potenca*, powerful.

* * * * *

PROVERBOJ.

Eco homara estas eraro. Nur tiu ne eraras, kiu neniam ion faras.
Por riĉulo fasto, por malriĉulo festo.
Mezuri laŭ sia metro.
Kia la semo, tia la rikolto.
Riĉigas ne enspezo, sed prudenta elspezo.
Kun kiu vi festas, tia vi estas.
Ju pli da ĵuroj, des pli da suspekto.
Korvo al korvo okulon ne pikas.
En infano vidiĝas, kia homo fariĝos.
Unufoje ŝtelinta restas ĉiam ŝtelisto.
Kapo estas por tio, ke ĝi zorgu pri ĉio.
Belaj rakontoj el trans la montoj.

M. F. ZAMENHOF.

Fasto, fast; *mezuri*, to measure; *rikolto*, harvest; *enspezo*, income;
elspezo, outlay; *ĵuro*, oath; *suspekto*, suspicion; *korvo*, raven; *piki*, to
stab.

* * * * *

LIZI, ELZE, ELIZABET.

El Hungaraj Rakontoj.

Mi amis nur mian patrinon kaj Lizi, krome neniun en la tuta mondo.

Kun ŝi, kun Lizi, mi jam ligis amikecon, kiam mia malgranda fratino mortis je angino.

Tiam fariĝis tre silente en nia domo. Malantaŭe ĉirkaŭ la ĉeval stalo bruis ja la knaboj poste kiel antaŭe, sed al la loĝejo ili proksimiĝis nur sur la piedpintoj. Ili ne volis ĝeni la nigre vestitan virinon, kiu senĉese, kvazaŭ senspirite, la funebrajn ĉambrojn trapaŝis; de frua mateno ĝis malfrua vespero, en pensojn profundiĝinta, ŝi travagis la loĝejon, senripoze kiel la pendolo de l'horloĝo, kvazaŭ ŝi eterne iun aŭ ion serĉus. Iafoje ŝi malfermis la ŝrankojn kaj tirkestojn laŭ vico. Tiam mi ĉiam vidis en ŝia mano malgrandajn infanorobojn, ŝuojn kaj antaŭtukojn, kiujn ŝi longe rigardis kaj karesis, por ilin denove remeti kun la pupoj, la skribkajeroj kaj ĉiuj aliaj objektoj, kiuj iam apartenis al mia malgranda fratino.

Pri mi ŝi tute ne okupiĝis—ŝi nun pli amis la mortinton, ol ĉiujn vivantojn—kaj tamen en mi ĉiam ŝteliris post ŝi. Se mi iafoje ŝian robon ekprenis, aŭ ŝian brakon karesis, por ke ŝi min nur rimarku, ŝi ekrigardis min indiferente per siaj karaj, de nokta plorado lacaj okuloj, aŭ diris: "Kion vi volas, Janko? Ĉu mi devas doni al vi oranĝojn?"

Ŝi tiam eltiris la tirkeston, kie la oranĝoj kuŝis, kaj lasis min elekti, kiom mi volis. Kaj mi tute ne volis oranĝojn, mi nur estis ĵaluza je mia malgranda, mortinta fratino.

FERENC HERCZEG.

Ligi, to bind; *angino*, quinsy; *stalo*, stable, stall; *pinto*, point; *ĝeni*, to trouble, disturb; *funebro*, mourning; *pendolo*, pendulum; *ŝranko*, cupboard; *tirkesto*, drawer; *vico*, turn; *antaŭtuko*, apron; *laca*, weary; *ĵaluza*, jealous.

* * * * *

VENTEGA NOKTO.

El Nord-germanaj Rakontoj.

La ventego kriegis kaj bruegis dum la malluma nokto kaj blovege pelis la foliojn antaŭ si. Kia sonado estis en la aero! De malproksime venas la ventego, el la regiono, kie estas la altaj montoj kaj la granda akvo, el la malvarma nordo. Ĉio, kion ĝi ekkaptas dumvoje, devas kunflugi. Ĝi pelas la foliojn alten, tiel ke ili kirle flugas kaj en sia timo saltas unu super la alia. Jen ĝi permesas al ili dum memento rekonsciiĝi, ili opinias, ke nun ĉesis la sovaĝa pelado, ke ili povas trankvile malleviĝi teren—jen la sovaĝulo ree ekkaptas ilin kaj la ludo denove komenciĝas. Nun ĝi estas en la torfejo; tie ĝi trovas nenion kun kio ĝi povus petoli; tiam ĝi atakas pluvnubon kiu ĵus volis ekpluvi—puŝegas en ĝian flankon, ĝis ĝi tuj disflugas. Jen la blovulo venas en la arbaron kaj furiozas inter la arboj, kiuj ĝemas kaj krakas. Ankoraŭ salton, kaj nun ĝi estas ĉe la lerneja domo, kiu staras kaŝite en arbetaĵoj inter la du vilaĝoj. Ho, kiel ĝi ĝojkriegas ekvidante la malnovan kadukan domon! Tie ĉi mi devas eniĝi! Per ĉiuj pordoj ĝi bruegas kaj skuas ilin, provante malfermegi ilin. Sed vane. Eĉ ne la lignan kovrilon de la truo en la frontono ĝi povas deŝiri, kvankam la rustiĝintaj hokoj preskaŭ ne plu povas teni ĝin. Sed almenaŭ ĝi klakas kaj frapegas per ĝi tiom, ke la edzino de la instruisto vekiĝas.

HEINRICH BANDLOW.

Nordo, north; *kirli*, to whisk, to twirl; *konscii*, to be conscious; *opinii*, to be of opinion; *torfo*, peat; *petoli*, to play, tease; *furiozi*, to rage; *ĝemi*, to groan; *kraki*, to crack, crackle; *kaduka*, decayed, infirm; *skui*, to shake; *vane*, in vain; *frontono*, gable, fronton; *rusti*, to rust; *hoko*, hook; *klaki*, to clack, clap.

* * * * *

EN PIRIN.

El Bulgaraj Rakontoj.

Klime perdis la vojon, la blovegoj estis kovrintaj ĉion: valojn, montetojn, vojojn, kampojn. Li eliris hieraŭ ĉe bona vetero el la vilaĝo, kaj nun ? . . . Dum tutaj horoj li vagadis en Pirin-monto kaj li ne scias, kie li troviĝas, kien li iras, kion li renkontos. Li komprenis nur unu: ke malproksime, malproksime li estas de sia vilaĝo, en nekonataj montaj dezertoj, en la regno de l'sovaĝaj bestoj kaj de la pereo . . .

Subite li ekvidis tra la krepusko multajn nigrajn ombrojn, kiuj iris senbrue sur la neĝo. Kio estas tio ĉi? Ĉu lupoj? Ili estas tuta aro kaj venas de la dekstra flanko; ili bojas . . . Li ekkuregas. La malsata aro rapide lin sekvas kun sovaĝaj bojoj . . . Kiom da tempo li kuris, li ne memoras . . . Antaŭ li ĉiam nudaĵo, ĉiam dezerto, ĉiam neĝa kampo. Subite Klime vidas, ke antaŭe ekmoviĝas io, lumaj punktoj brilas kaj lin renkontas: la bestaro elsendis kelkajn lupojn por fermi lian iradon . . . Klime vidis teruran, neeviteblan morton . . . Tiam li ree ekkuregis kiel frenezulo maldekstren, al nova direkto, sur ia krutaĵo malsupren, kaj post li la lupoj . . . Li dufoje implikiĝis je sia skarpo, kiu trenis, kaj li ekfalis. Troviĝinte en la valo, Klime ĝoje vidis, ke li eniras en ian vilaĝon . . . Kia ĝi estas, ĉu pomaka, ĉu kristana,—li ne pensas, ĉar la luparo lin persekutas eĉ tien ĉi. Ĝi iras post liaj kalkanoj . . . Li enŝoviĝis en ian pordegon, kiun, verŝajne, la ventego malfermis, kaj li alkuris al la fenestro, kiu lumis. Kaj la lupoj ankaŭ kuras post li. Klime ŝovis malĝentile la pordon kaj eniris en nekonatan domon. Li ekĝemis: li vidis bulgaran, kristanan domon, kaj la sanktfigurujon, kaj antaŭ ĝi la sanktlampeton . . . la flamo malklare briletis kaj estingiĝis ankoraŭ. El la krepusko eliris iaj homoj. Li ĉirkaŭrigardis mirege. Kie li troviĝas?

Subite Klime ekscias, ke li estas en sia hejmo.

La Ĉiopovanto estis direktinta liajn vagadojn al lia vilaĝo, al lia domo, kiam li pensis, ke li iras en tute malsaman direkton.

Ivan Minĉev.[2]

Klime, man's name; *blovego*, storm; *valo*, valley; *sovaĝa*, wild; *krepusko*, twilight; *boji*, to bark; *nuda*, bare; *punkto*, point; *eviti*, to avoid; *freneza*, crazy; *impliki*, to entangle; *skarpo*, scarf; *persekuti*, to follow in order to harm; *ŝovi*, to shove, push; *verŝajne*, apparently; *estingi*, to extinguish.

---

2   "Pomako" estas bulgaro fariĝinta mahometano.

* * * * *

SOMERA PLUVADO.

El *Prozo el Danaj-Norvegaj Aŭtoroj.*

Estis premante varmege, la aero vibris pro varmo, kaj krom
tio estis tiel kvieta, nenio alia sin movis, ol la kokcineloj tie sur la
urtikoj, kaj kelke da velkitaj folioj, kiuj kuŝis sur la herbo kaj kurbigis
sin kun etaj ekmovoj, kvazaŭ kuntiritaj de la sunaj radioj.

Kaj tiu homo sub la kverko, li kuŝis spiregante kaj melankolie,
senespere li rigardis supren al la ĉielo. Li kantetis iom, kaj cedis,
fajfis per la buŝo kaj cedis ankaŭ je tio, turnis kaj returnis sin,
rigardis malnovan talpan teraltaĵeton, kiu tute helgriziĝis pro
sekeco. Subite eta, ronda, nigra makulo vidiĝis sur la griza tero,
ankoraŭ unu, du, tri, kvar, multaj, ankoraŭ pliaj, la tuta altaĵeto
fariĝis malhelgriza. La aero estas nur longaj, malhelaj strekoj,
la folioj kliniĝis kaj balanciĝis, sibleto, plilaŭtiĝante ĝis siblego,
sonis,—akvo fluegis teren.

Ĉio briletis, fajretis, kraketis. Folioj, branĉoj, trunkoj, ĉio brilis
de akvaĵo, ĉiu guteto falanta teren, herben, ŝtonen, ĉien, disrompiĝis
kaj disŝprucis en milojn da etaj perloj. Malgrandaj gutoj pendis
tie iom da tempo kaj fariĝis grandaj gutoj, malsuprenfalis tien ĉi,
unuiĝis kun aliaj gutoj, formis fluetojn, malaperis en sulketojn,
enfluis grandajn truojn kaj elfluis malgrandajn, forkondukis polvon,
lignaĵetojn kaj foliopecojn, fiksiĝis sur rifojn kaj denove liberiĝis,
turniĝis kaj ree surrifiĝis. Foliojn, ne estintajn kune de la tempo,
kiam ili estis burĝonoj, kolektis la akvaĵo; musko, neniigita de
sekeco, ekŝvelis kaj fariĝis mola, ĉifa, verda kaj sukplena; kaj ŝimo
kiu preskaŭ fariĝis polvo, disvastiĝis en graciaj makuloj, kun brilo
kiel silko. La konvolvoloj lasis plenigi siajn blankajn kalikojn ĝis la
rando, interpuŝis ilin kaj verŝis la akvon sur la kapojn de l' urtikoj.
La dikaj, nigraj arbarlimakoj afablege rampis antaŭen kaj rigardis
danke la ĉielon.

Kaj la homo? La nudkapa homo staris meze en la pluvo,
lasante la gutojn sibli en harojn, brovojn okulojn, nazon, buŝon,
kraketis per la fingroj je la pluvo, iom levis iafoje la piedojn, kvazaŭ
li intencis danci, ekskuis iam kaj iam sian kapon, kiam tro multe da

akvo estis en la haroj, plengorĝe kantis senpripensante tion, kion li kantis, tiel plene la pluvado lin okupis.

J. P. JAKOBSEN.

Vibri, to vibrate; *kokcinelo*, ladybird; *urtiko*, nettle; *velki*, to wither; *fajfi*, to whistle; *talpo*, mole; *streko*, streak; *klini*, bend; *sibli*, to hiss; *ŝpruci*, to spurt, to gush; *sulko*, furrow; *truo*, hole; *rifo*, reef; *burĝono*, bud; *musko*, moss; *ŝveli*, to swell; *ĉifi*, to crinkle, crumple; *ŝimo*, mildew, mould; *gracia*, graceful; *konvolvolo*, convolvulus; *kaliko*, chalice, calyx; *limako*, slug; *brovo*, brow; *nuda*, bare.

* * * * *

KION NE KOMPRENAS LA HIRUNDOJ KAJ PAPILIOJ.

El *Pola Antologio.*

. . . Iom pli malproksime kuŝis flava grenkampo. Malalta barilo apartigis ĝin de l' konstruaĵoj kaj de l' malgranda placeto antaŭ ili.

La barilo formis angulon kaj en la loko, kie kuniĝis du ĝiaj oblikvaj duonoj, ĝi havis pordegon, altan, larĝan kaj en tiu momento tute malfermitan.

Ni proksimiĝis al la malalta barilo. Anjo ne havis ankoraŭ sufiĉe da tempo por apogi al ĝi sian ombrelon kaj jam en la flava domo oni malfermis la pordon kaj viro stariĝis ĉe la sojlo kaj laŭte demandis:

—Ĉu vi iras eksterlandon?

Ni komprenis. La barilo, malzorge konstruita el kurbaj bastonoj, estis io pli grava, ol limo de kampara propraĵo . . .

Ĉi tiu barilo apartigis du naciojn, du landojn, du civilizaciojn.

La sekalo, kreskanta post ĝi, estis jam germana sekalo; la cejanoj, kiuj, kiel bluaj lumetoj, bruletis inter la spikoj, estis jam germanaj cejanoj.

Germana estis eĉ la vento, fluganta de tie kune kun la miela odoro de l'konvolvoloj . . .

Kompreneble, Anjo devis rifuzi al si la riĉigon de sia bukedo per germanaj floroj kaj ŝi tuj sciigis pri ĝi la laŭte demandantan viron.

Li reiĝis domon trankviliĝinta, sed sendube dek kelkaj paroj da viglaj, kvankam nevideblaj okuloj observis ĉiujn niajn movojn.

wKun stranga sento ni komencis rigardi ĉirkaŭe.

—Kial?—demandis Anjo, larĝe malfermante la okulojn— sekve la spiko, kiu elkreskis tie ĉi el grajno alportita de tie de la vento, estas nia, sed milionoj da aliaj spikoj, ĝiaj fratoj, estas fremdaj nur tial, ke ili kreskas unu paŝon pli malproksime?

Mi penis klarigi al ŝi, ke tio ĉi estas tute natura, eĉ necesega.

—Por kiu?

Anstataŭ respondo mi levis la ŝultrojn.

Okupataj de la penso pri la divido, ni turnis la okulojn al la ĉielo, serĉante ankaŭ sur ĝi liman linion.

Sed la ĉielo estis nur unu, nedividita.

Ni rigardis la sunon.

Ankaŭ la suno estis nur unu, nedividita.

En la sama momento papilio, kiu sidis proksime de ni sur la barilo kaj jen etendis, jen altiris siajn ruĝajn flugiletojn kun arĝenta subaĵo, rapide leviĝis kaj transflugis al la germana flanko.

Ĝi longe flirtis tie super la balanciĝantaj spikoj kaj trovinte amikon aŭ amikinon ankoraŭ pli trankvile revenis.

Samtempe kelke da hirundoj, antaŭsentante proksimiĝon de fulmotondro, komencis kun laŭta pepado rondflugi malproksimen kaj senpune trans la limon . . .

—Vi vidas!—ekkriis Anjo kun infana triumfo.—La hirundoj kaj papilioj no konsentas la "necesecon," pri kiu vi tiel sage parolis.

Ĉi tiuj senkonsideraj vortoj malĝojigis min.

—Ah, Anjo, Anjo!—diris mi riproĉe,—ĉu vi forgesis, ke la homo estas pli saĝa kreitaĵo, ol la flirtemaj birdoj kaj papilioj senpripensaj? . . .

WIKTOR GOMULICKI.

Greno, corn; *placo*, place, square; *apogi*, to lean on; *ombrelo*, umbrella, parasol; *sojlo*, threshold; *laŭta*, loud; *sekalo*, rye; *cejano*, corn bluebottle; *mielo*, honey; *bukedo*, bouquet; *paro*, pair; *spiko*, ear of corn; *linio*, line; *papilio*, butterfly; *flirti*, flutter, wave; *fulmo*, lightning; *tondro*, thunder; *pepi*, to chirp.

* * * * *

PRINTEMPO VENOS.

Se la naturo rigidiĝas
De prem' de l' vintro frostiganta,
Se tute per la neĝ' kovriĝas
Je longe tero ekdormanta,
Amiko kara! vi ne ploru:
Printempo venos kaj somero,
Ke la naturo ree floru,
Ke verdu, reviviĝu tero.

A. Naumann.

* * * * *

LA VOJO.

Tra densa mallumo briletas la celo,
Al kiu kuraĝe ni iras.
Simile al stelo en nokta ĉielo,
Al ni la direkton ĝi diras.
Kaj nin ne timigas la noktaj fantomoj
Nek batoj de l' sorto, nek mokoj de l' homoj
Ĉar klara kaj rekta kaj tre difinita
Ĝi estas, la voj' elektita.

Nur rekte, kuraĝe, kaj ne flankiĝante
Ni iru la vojon celitan!
Eĉ guto malgranda, konstante frapante,
Traboras la monton granitan.
L' espero, l' obstino, kaj la pacienco—
Jen estas la signoj, per kies potenco
Ni paŝo post paŝo, post longa laboro,
Atingos la celon en gloro.

Ni semas kaj semas, neniam laciĝas,
Pri l' tempoj estontaj pensante.

128

Cent semoj perdiĝas, mil semoj perdiĝas,—
Ni semas kaj semas konstante.
"Ho, ĉesu!" mokante la homoj admonas,—
"Ne ĉesu, ne ĉesu!" en kor' al ni sonas:
"Obstine antaŭen! La nepoj vin benos,
Se vi pacience eltenos."

Se longa sekeco aŭ ventoj subitaj
Velkantajn foliojn deŝiras,
Ni dankas la venton, kaj, repurigitaj,
Ni forton pli freŝan akiras.
Ne mortos jam nia bravega anaro,
Ĝin jam ne timigas la vento, nek staro,
Obstine ĝi paŝas, provita, hardita,
Al cel' unu fojon signita!

Nur rekte, kuraĝe kaj ne flankiĝante
Ni iru la vojon celitan!
Eĉ guto malgranda, konstante frapante,
Traboras la monton granitan.
L' espero, l' obstino, kaj la pacienco—
Jen estas la signoj, per kies potenco
Ni paŝo post paŝo, post longa laboro,
Atingos la celon en gloro.

L. ZAMENHOF, *el "Fundamenta Krestomatio."*
Celo, aim; *simile,* like; *fantomo,* phantom, apparition; *sorto,* fate; *moko,*
mockery; *elekti,* to choose; *flanko,* side; *guto,* drop; *frapi,* to strike;
bori, to bore; *signo,* sign; *atingi,* to attain; *laca,* weary; *semo,* seed; *ĉesi,*
to cease; *admoni,* to exhort; *koro,* heart; *vento,* wind; *subita,* sudden;
velki, to wither; *deŝiri,* to tear from, pluck off; *akiri,* to acquire; *provi,*
to make trial of; *hardi,* to harden.

* * * * *

EL LA PAROLO DE D-RO. L. L. ZAMENHOF.
EN LA GUILDHALL, URBO LONDONO,
La 2lan de Aŭgusto, 1907.

. . . La dua kulpigo, kiun ni ofte devas aŭdi, estas tio, ke ni esperantistoj estas malbonaj patriotoj. Ĉar tiuj esperantistoj, kiuj traktas la esperantismon kiel ideon, predikas reciprokan justecon kaj fratecon inter la popoloj kaj ĉar laŭ la opinio de la gentaj ŝovinistoj patriotismo konsistas en malamo kontraŭ ĉio, kio ne estas nia, tial ni laŭ ilia opinio estas malbonaj patriotoj, kaj ili diras, ke la esperantistoj ne amas sian patrujon. Kontraŭ tiu ĉi mensoga, malnobla kaj kalumnia kulpigo ni protestas plej energie, ni protestas per ĉiuj fibroj de nia koro! . . .

Vi staras nun antaŭ miaj okuloj, mia kara Litovujo, mia malfeliĉa patrujo, kiun mi neniam povas forgesi, kvankam mi forlasis vin kiel juna knabo. Vi, kiun mi ofte vidas en miaj sonĝoj, vi, kiun nenia alia parto de la tero iam povos anstataŭi en mia koro, vi atestu, kiu vin pli multe, pli kore kaj pli sincere amas: ĉu mi, idea esperantisto, kiu revis pri frateco inter ĉiuj viaj loĝantoj, kvankam mi devis bedaŭrinde forlasi vin, simile al multaj centoj da miloj da aliaj viaj filoj—aŭ ĉu tiuj personoj, kiuj deziras, ke vi apartenu nur al ili, kaj ĉiuj aliaj viaj filoj estu rigardataj kiel fremduloj aŭ sklavoj! Ho patriotismo, patriotismo, kiam fine la homoj lernos kompreni ĝuste vian sencon! Kiam via sankta nomo ĉesos esti armilo en la manoj de diversaj malhonestuloj! Kiam fine ĉiu homo ricevos la rajton kaj la eblon algluiĝi per sia tuta koro al tiu peco da tero, kiu lin naskis!

Longe daŭros ankoraŭ malluma nokto sur la tero, sed ne eterne ĝi daŭros. Venos iam la tempo, kiam la homoj ĉesos esti lupoj unuj kontraŭ aliaj. Anstataŭ konstante batali inter si, elŝiri la patrujon unuj al la aliaj, perforte altrudi al si reciproke siajn lingvojn kaj morojn, ili vivos inter si pace kaj frate, en plena interkonsento ili laboros sur la tero, sur kiu ili vivas, kaj kontraŭ tiuj krudaj fortoj de la naturo, kiuj ilin ĉiujn egale atakas. Kaj kune kaj interkonsente ili celados ĉiuj al unu vero, al unu feliĉo. Kaj se iam venos tiu feliĉa tempo, ĝi estos la frukto de konstanta kaj senlaca laborado de tiuj homoj, kiujn vi vidas nun en ĉi tiu ĉambrego kaj kies nomo, ankoraŭ tre malmulte konata kaj tre malmulte ŝatata, estas "esperantistoj."

El *"The British Esperantist."*

Kulpo, fault; *trakti*, to treat; *prediki*, to preach; *gento*, tribe, race; *ŝovinisto*, Chauvinist; *Litovujo*, Lithuania; *sengô*, dream; *atesti*, to bear witness; *revi*, to imagine, dream; *bedaŭri*, to regret; *sklavo*, slave;

senco, meaning; *rajto*, right; *alglui*, to glue to, stick to, attach; *lupo*, wolf; *trudi*, to obtrude; *moro*, manners, custom; *paco*, peace; *konsenti*, to agree; *kruda*, crude, rough, raw; *frukto*, fruit; *ŝati*, to prize, appreciate, like.

* * * * *

FOREWORD TO SUPPLEMENTARY VOCABULARY.

As this Vocabulary is intended for those who have worked through the preceding lessons, it is not a full vocabulary, but only supplementary to those already given, and the words contained in those are, as a rule, not repeated here.

In order to get in as many root words as possible, derived words and the second word of a pair (*e.g.*, male or female, opposites, the action and the tool, the animal and its young, etc.) are generally omitted; the simple word or one of the pair being found, the other word is to be formed from it by means of the proper word-ending, prefix or suffix.

In English there are often several words to express the same or nearly the same meaning. Want of space prevents these being all included; the most important or most commonly used word has therefore been chosen; for instance, *mercury*, *tranquil*, *diaphanous*, *suffocate*, *salve*, *renown*, *fiddle*, are not to be found, but *quicksilver*, *calm*, *translucent*, *smother*, *ointment*, *fame*, *violin*, are there.

A most valuable help to the student is a good *English* dictionary, and if this gives the derivation of the words, the interest of the study is greatly increased. The difficulty often is, not to find the right Esperanto word, but to know exactly what the English word or phrase means. It is the experience of most Esperantists that in learning Esperanto their knowledge of their own language has become much more thorough. [Footnote: A remark made by a student during one lesson was "Well, if we don't learn Esperanto, we shall learn English."] For this reason and also that this language cannot be learned simply as a matter of rote, but demands the exercise of the thinking and reasoning powers, [Footnote: To convince an opponent or a doubter of this, tell him that "utila" means "useful," and "mal" denotes the contrary; then ask what "malutila" means. The answer will almost certainly be "useless." Then show that the contrary of a good quality is not merely the absence of that quality, but is a bad quality, and therefore the contrary of "useful" is "harmful."] Esperanto ought to be taught in all schools.

VOCABULARY.

A

abbot, abato.

abdomen, ventro.

ability, kapablo, povo, lerteco, talento.

able (to be), povi.

abolish, neniigi, forigi.

abomination, abomeno.

abroad, eksterlande.

absent (to be), foresti.

absolve, senkulpigi, senpekigi.

absorb, absorbi; sorbi.

abstain, deteni sin.

abuse, insult'i,-o; trouzi; malbonuzi.

abyss, abismo, profundegaĵo.

accent, akcent'i,-o; supersigno.

accept, akcepti, alpreni.

accident, malfeliĉaĵo, okazo.

account, kalkulo; rakonto; konto. on—of, pro.

accuse, kulpigi, akuzi.

ace, aso.

ache, dolor'o,-i.

acknowledge, konfesi.

acorn, glano.

acquaint, sciigi.

acquainted, become—with, konatiĝi kun.

acquire, akiri, atingi.

acquit, senkulpigi.

acrid, akra, morda, pika.

act, ag'i,-o; far'i,-o; leĝo; akto.
action, agado; (*law*) proceso.
active, agema, aktiva.
actor, aktoro.
actual, nuna, efektiva.
adapt, alfari.
add, aldoni, kunmeti, sumigi.
address, alparoli al; sin turni al; (*letters*) adresi.
adhere, aliĝi, algluiĝi al.
adjourn, prokrasti.
admit, allasi, konfesi.
adopt, alpreni, fil (-in)-igi.
adore, adori, amegi.
adult, plenkresk'a, plenaĝ'a.
adulterate, falsi.
adultery, adulto.
advantage, utilo, profito, bonaĵo.
advertise, anonci, reklami.
advice, konsilo.
affair, afero.
affected (to be), afekti.
affiliate, aliĝi, filiiĝi.
afternoon, posttagmezo.
again, re-, ree, denove.
agenda, tagordo, programo.
agent, agento.
agile, facilmova.
agitate, agiti.
agony, dolorego, (*death*—) agonio.
agree, konscnti, interkonsenti.
agreeable, afabla, agrabla.
agreement, kontrakto, interkonsento.
agriculture, terkulturo.
aim, cel'o,-i.
air, aero, aerumi; mieno; ario.
aisle, flankaĵo.
alarm, maltrankviligi; alarmo.
alder, alno.
alert, vigla.

alien, alilandulo, eksterlandulo.

alike, simila, egala.

alive, vivanta, viva.

alleviate, plidolĉigi, malpliigi.

allow, permesi.

allowance, porcio; (a/c) rabato; dekalkulo.

allude, aludi.

almanac, almanako, kalendaro.

almighty, ĉiopova.

almond, migdalo.

alms, almozo.

alone, sola.

along, laŭlonge.

aloud, laŭte, voĉe.

alternate, alterni.

amazement, mirego.

amber, sukceno.

ambition, ambicio.

ambush, embusko.

amiable, afabla, aminda.

amputate, detranĉi, amputi.

amuse, amuzi.

anarchy, anarĥio.

ancestors, praavoj, prapatroj.

ancient, antikva.

anecdote, anekdoto.

angel, anĝelo.

angle, angulo; fiŝi.

animal, besto.

ankle, maleolo.

anniversary, datreveno.

announce, anonci.

annoy, ĉagreni, ĝeni.

annual, ĉiujara.

annul, nuligi.

anoint, sanktolei, ŝmiri.

anonymous, anonima, sennoma

ant, formiko.

anthem, antemo.

anvil, amboso.
anxious, maltrankvila.
apathetic, apatia.
aperture, malfermaĵo, aperturo.
apologise, peti pardonon.
apparatus, aparato.
appeal, alvoki; (law) apelacio.
appear, aperi; ŝajni.
appearance, vidiĝo; ŝajno, mieno.
appetite, apetito.
applaud, aplaŭdi.
apply, almeti; sin turni al.
appoint, nomi, difini.
appreciate, ŝati.
approach, alproksimiĝi.
approve, aprobi.
apricot, abrikoto.
apron, antaŭtuko.
arable, plugebla, semotaŭga.
arbitrary, arbitra.
arbitration, arbitracio.
arbour, laŭbo.
arch, arko; arkefleksi.
argue, argumenti.
arithmetic, aritmetiko.
arm, brako,-pit, akselo; armi.
arms, armiloj, bataliloj.
aroma, aromo.
arouse, veki.
arrange, aranĝi.
arrest, aresti.
arrive, alveni.
arrogant, aroganta
arrow, sago.
art, arto.
artery, arterio.
artful, ruza.
artichoke, artiŝoko.
article, artikolo, komercaĵo.

artificial, artefarita, arta.

artifice, artifiko.

artisan, metiisto.

artist, artisto.

ascertain, konstati.

ash, cindro, (*tree*) frakseno.

ask, demandi.-for, peti.

asparagus, asparago.

aspect, aspekto, vidiĝo, fazo.

aspen, tremolo.

ass, azeno.

assemble, kunveni, kunvoki.

assert, aserti, konstati.

assign, asigni.

assure, certigi; asekuri.

astonish, mirigi. (to be-ed), miri.

astringent, adstringa.

astute, sagaca.

asylum, rifuĝejo, azilo.

athletic, atleta.

atmosphere, atmosfero.

atom, atomo.

attach, alligi, kunigi.

attain, atingi, trafi.

attempt, provi; (*criminal*) atenco.

attention, atento, (*pay*—) atenti.

attitude, sintenado.

attract, altiri, logi.

auction, aŭkcio.

audit, kontkontroli.

author, aŭtoro.

authority, rajto, aŭtoritato.

avalanche, lavango.

avaricious, avara.

avenue, aleo.

average, meznombro, mezakvanto.

avert, deturni.

avoid, eviti.

award, alĵuĝi

axis, akso.
axle, akso.
azure, lazuro.

B

baboon, paviano.
baby, infaneto.
bachelor, fraŭlo.
back, dorso, posta flanko.
backbone, spino.
bacon, lardo.
bag, sako.
bait, allogaĵo.
bake, baki.
balance, ekvilibri; (*of account*) restaĵo.-sheet, bilanco.
balcony, balkono.
ball, (*play*) pilko, (*cannon*) kuglo, (*dance*) balo.
balloon, aerostato.
ballot, baloti,-o.
balsam, balzamo.
band, ligilo; bando; orkestro.
bandage, bandaĝi.
banish, ekzili.
bank, (*money*) banko; bordodigo.
banker, bankiero.
bankrupt, bankroto.
banner, flago, standardo.
banquet, festeno.
baptism, bapto.
bar, bar'i,-ilo; bufedo.
barbarian, barbaro.
barber, barbiro.
bare, nuda.
bargain, marĉandi.
bark, boji; ŝelo.
barley, hordeo.
barrel, barelo.-organ, gurdo.
barrister, advokato.

base, bazo; fundamento; malnobla.
basin, pelvo, kuvo.
basket, korbo.
bat, vesperto; batilo.
bath, bano, bankuvo.
bathe, sin bani.
beam, radio, trabo, vekto.
bean, fabo, fazeolo.
bear, urso; porti; subteni
beard, barbo.
beat, bati, vergi, vipi, venki.
beautiful, bela.
beaver, kastoro.
because, ĉar, tial ke, pro tio ke.
bed, lito, kuŝejo, fluejo, florbedo.
bee, abelo.
beech, fago.
beer, biero.
beet, beto.
beetle, skarabo, blato.
beg, peti, almozpeti.
begin, komenci, ek-.
behave, konduti.
behold, rigardi; jen!
bell, sonorilo.
below, sube, malsupre.
belt, zono.
bench, benko; (joiner's) stablo.
bend, fleks'i,-iĝi; klin'i,-iĝi.
bent, kurb'a,-igita.
bequeath, testamenti.
berry, bero.
besiege, sieĝi.
bet, veti.
betray, perfidi.
betrothal, fianĉ' (-in-) iĝo.
bewitch, sorĉi.
bilberry, mirtelo.
bile, galo.

bill, kalkulo; kambio; afiŝo; beko.

billiards, bilardo

bind, ligi; (books) bindi; bandaĝi.-weed, liano.

birch, betulo.

birth, naskiĝo.

biscuit, biskvito.

bishop, episkopo.

bit, peco; enbuŝaĵo.

bite, mordi.

bitter, akra, maldolĉa.

blackbird, merlo.

blacking, ciro.

bladder, veziko.

blade, klingo; (of grass), folieto

blaspheme, blasfemi.

bless, beni.

blind, blinda. window-, rulkurteno.

blond, blonda.

blood, sango.

blot, makulo.

blow, blovi; bato, frapo.

blouse, bluzo.

blue, blua;-bell, hiacinto, kampanoleto.

boa-constrictor, boao.

boast, fanfaroni.

boat, boato.

bobbin, bobeno.

body, korpo.

bog, marĉo.

boil, boli; absceso.

bold, kuraĝa, sentima.

bolt, rigl'i,-ilo; bolto.

bomb, bombo.

bombard, bombardi.

bond, obligacio, garantiaĵo

bondage, servuto, sklaveco.

bone, osto.

bonnet, ĉapo.

booth, budo.

border, rand'o,-aĵo; borderi.

bore, bori; kalibro.

born, (to be,) naskiĝi.

borrow, prunte preni.

bosom, brusto, sino.

bottom, fundo, malsupro.

boundary, limo.

bouquet, bukedo.

bow, saluti; kapklini; pafarko; arĉo; banto.

bowels, internaĵo, intestaro.

bowl, pelvo, kuvo.

box, kesto, skatolo; loĝio; boksi; pugnobati.

braces, ŝelko.

brain, cerbo.

bran, brano.

branch, branĉo; filio.

brass, flava kupro, latuno.

brave, brava, kuraĝa.

breach, breĉo.

break, rompi, frakasi.

breakfast, matenmanĝ'i,-o.

breast, brusto, mamo.

breathe, spiri.

bribe, subaĉeti.

brick, briko.

bridge, ponto.

bridle, brido.

bright, hela, brila, gaja.

bring, alkonduki, alporti.

broad, larĝa.

broker, makleristo, (act as—) makleri.

brooch, broĉo.

brood, kovi, kovitaro.

broth, buljono.

brown, bruna.

browse, sin paŝti.

bruise, kontuzi; pisti.

brush, bros'o,-i; balailo; peniko.

bucket, sitelo.

buckle, buko.
bud, burĝono.
budget, budĝeto.
buffet, (*restaurant*) bufedo.
bug, cimo.
build, konstrui.
bullet, kuglo.
bullfinch, pirolo.
bunch, fasketo, aro.
bundle, fasko.
bungle, fuŝi.
burden, surpezi, ŝarĝo.
bureau, oficejo, kontoro.
burgess, burĝo.
burn, brul'i,-igi.
burrow, kavigi.
burst, krevi.
bury, enterigi, enfosi.
business, afero, okupo, negoco
busy, okupata, aferema.
butcher, buĉ'i,-isto.
buttercup, ranunkolo,
butterfly, papilio.
buzz, zumi.

C

cab, fiakro; kabrioleto, droŝko.
cabbage, brasiko.
cabin, kajuto, kabano.
cabinet, ĉambreto, kabineto.
cable, ŝnurego, kablo.
cage, kaĝo.
calico, kalikoto.
calk, kalfatri.
call, voki, (—*together*) kunvoki.
callosity, kalo.
calm, kvieta, trankvila.
camel, kamelo.

camp, tendaro.

canary, kanario.

candid, sincera, verdirema.

candidate, kandidato, aspiranto.

cane, kano; bastono; vergi.

cannon, kanono.

canon, kanoniko.

canopy, baldakeno.

canvas, kanvaso.

cap, ĉapo, (*milit.*) kepo.

capable, kapabla, kompetenta.

cape, manteleto; promontoro, terkapo.

capital, ĉeturbo; kapitalo; granda litero.

capitalist, kapitalisto.

capitulate, kapitulaci.

capsize, renversiĝi.

captain, ŝipestro, kapitano.

capture, kapti.

car, veturilo, ĉaro.

card, karto,-board, kartono.

carnation, dianto; flavroza.

carp, karpo; kritikaĵi.

carpenter, ĉarpentisto.

carpet, tapiŝo.

carriage, veturilo, kaleŝo, vagono; transporto.

carrot, karoto.

cart, ŝarĝveturilo.

carve, tranĉi; skulpti.

case, okazo; ujo; kazo; proceso.

cashier, kasisto.

cast, ĵeti, (*metal*) fandi.

castle, kastelo.

catch, kapti.

caterpillar, raŭpo.

cathedral, katedralo.

cattle, bruto, brutoj.

cauliflower, florbrasiko.

cause, kaŭz'i,-o;-igi; afero.

caution, averti; singardemo.

cave, kaverno.

cavil, ĉikani.

caw, graki.

ceiling, plafono.

celebrate, festi, soleni,

celery, celerio.

cell, ĉelo, ĉambreto.

cellar, kelo.

censor, cenzuristo.

censure, riproĉi.

ceremony, ceremonio, soleno.

certain, certa; kelkaj; ia.

chaff, grenventumaĵo.

chaffinch, fringo.

chain, ĉeno.

chair, seĝo.-man, prezidanto.

chalk, kreto.

chance, hazardo; riski; okazi; ŝanco.

chancellor, kanceliero.

change, ŝanĝi, aliigi.

channel, kanalo.

chaos, ĥaoso.

chapel, kapelo, preĝejeto.

chapter, ĉapitro.

character, karaktero; (*drama*) rolo.

charm, ĉarmi; talismano.

chaste, ĉasta.

cheat, trompi.

check, haltigi; kontroli.

cheek, vango.

cheerful, gaja.

cheese, fromaĝo,

chemist, apotekisto, ĥemiisto.

cheque, ĉeko.

cherry, ĉerizo.

chess, ŝako.

chest, brusto; kesto, (*of drawers*) komodo.

chestnut, kaŝtano, (*horse*—) marono.

chew, maĉi, (—*cud*) remaĉadi.

chicory, cikorio.

chief, ĉef'o,-a.

chimney, kamentubo.

chin, mentono.

china, porcelano.

chirp, pepi; (*insects*) ĉirpi.

chisel, ĉiz'i,-ilo.

chocolate, ĉokolado.

choir, ĥoro.

choke, sufoki.

chop, haki; koteleto.

chronicle, kroniko.

church, preĝejo.

cigarette, cigaredo.

circle, rondo, cirklo.

circular, (*letter*), cirkulero.

circumference, ĉirkaŭo.

circus, cirko.

city, civito, urbo.

citizen, urbano, burĝo, civitano, regnano.

civil, civila, ĝentila.

civilize, civilizi.

claim, pretendi, postuli.

clap, (*hands*) manfrapi, plaŭdi.

class, kurso; (*sort*) klaso.

classify, ordigi, klasifiki.

claw, ungego.

clay, argilo.

clergyman, pastro.

clerk, oficisto, kontoristo, komizo.

clever, lerta.

cliff, krutaĵo.

climate, klimato.

climb, grimpi, suprenrampi.

clink, tinti.

cloak, mantelo.

clod, bulo.

closet, necesejo; ĉambreto.

cloth, drapo; (*a—*) tuko.

clothe, vesti.
cloud, nubo.
clover, trifolio.
club, klubo, (*cards*) trefo.
clue, postesigno.
coal, karbo.
coast, marbordo.
coat, vesto;-tail, basko.
cockle, kardio.
cocoa, kakao;-nut, kokoso.
cod, gado, moruo.
coffee, kafo.
coffin, ĉerko.
coil, rulaĵo, volvaĵo.
coin, monero.
coke, koakso.
colander, kribrilo,
cold, malvarm'a,-umo.
colleague, kolego.
collect, kolekti, amasigi.
collective, opa.
college, kolegio.
colony, kolonio.
colour, koloro.
comb, kombi; (*fowl's*) kresto.
combine, kombin'i,-iĝi, kun'igi,-iĝi.
come, veni.
comfort, komforti, konsoli.
comic, komika, ridinda.
comma, komo.
command, ordoni, komandi.
comment, komentar'i,-o.
commerce, komerco, negoco.
commission, komisi'i,-o; (*sell on*——) makleri.
committee, komitato.
common, komuna, ordinara, vulgara; erikejo, step'o,-eto.
commune, komunumo.
communicate, komuniki.
companion, kunulo.

company, anaro, kompanio, societo, trupo, roto.

compare, kompari.

compartment, fako.

compass, (*mariners'*—) kompaso; (*drawing*) cirkelo.

compel, devigi.

compensate, kompensi

complete, konkuri.

complaint, plendi.

complete, plen'a,-igi.

compliment, kompliment'o,-i.

compose, verki; komposti.

compositor, kompostisto.

comrade, kamarado.

concern, koncerni; zorgo; rilati al.

concrete, konkreta.

concussion, skuego.

condemn, kondamni.

condition, kondiĉo; stato.

condole, kondolenci.

confectioner, konfitisto.

conference, konferenco.

confirm, konfirmi.

confiscate, konfiski.

conflict, konflikto.

conform, konformi.

confuse, konfuzi.

congratulate, gratuli.

congregation, kongregacio.

congress, kongreso.

conjure, ĵongli.

conscience, konscienco.

conscious, konsci'a,-ness, 'o.

consequence, sekvo.

conservative, konservativa.

consider, pripensi, konsideri.

consistent, konsekvenca.

consonant, konsonanto.

constipation, mallakso.

consult, konsiliĝi kun.

consume, konsumi.

consumption, (*disease*) ftizo.

contact, kontakto.

contain, enhavi, enteni.

content, kontenta.

continue, daŭri,-igi.

contract, kontrakti; kuntir'i,-iĝi.

contrary, kontraŭo, malo.

contrast, kontrasti.

contrive, elpensi.

control, estri, regi.

convenient, oportuna.

conversation, interparolado, konversacio.

convict, kondamnito.

convince, konvinki.

convolvulus, konvolvolo.

convulse, konvulsio, spasmo.

copper, kupro.

copy, kopii; ekzemplero.

coral, koralo.

cord, ŝnuro.

core, korajo, internaĵo.

cork, korko; ŝtopi,

corn, greno; (*foot*), kalo.

corner, angulo.

correct, korekti; ĝusta, senerara.

correspond, korespondi.

corrode, mordeti.

corset, korseto.

costume, kostumo.

cotton, (*raw*), kotono; (*manuf.*) katuno.

cough, tusi.

council, konsilantaro.

count, kalkuli; grafo.

country, lando; kamparo.

courage, kuraĝo.

course, kuro; kurso. of——, komprenèble.

court, korto, (*royal*——) kortego; juĝejo; amindumi.

covetous, avida.

crab, krabo, kankro.
crack, fendi, kraki, krev'i,-igi.
cradle, lulilo.
crafty, ruza.
crane, gruo, ŝarĝlevilo.
crape, krepo.
crater, kratero.
cravat, kravato.
creature, estaĵo, kreitaĵo.
credit, kredito.
creed, kredo.
creep, rampi.
crest, tufo, kresto.
crevice, fendo.
cricket, grilo; (*game*) kriketo.
crime, krimo.
crippled, kripla.
crisis, krizo.
criticism, kritiko.
crochet, kroĉeti.
crocodile, krokodilo, aligatoro.
cross, kruco, trans'-iri,-pasi.—out, streki.
croup, krupo.
crow, korniko.
crowd, amaso.
crown, krono; (*of head*) verto.
cruel, kruela.
cruise, krozi.
crumple, ĉifi.
crust, krusto.
crutch, lambastono.
cry, krii, ekkrii, plori; (*of animals*) bleko.
crystal, kristalo.
cube, kubo.
cuckoo, kukolo.
cucumber, kukumo.
cuff, manumo; frapo.
cultivate, kulturi.
cunning, ruza.

cup, taso, kaliko.

cupboard, ŝranko.

cure, resanigi; (*bacon, etc.*) pekli.

curious, scivola, stranga, kurioza.

curl, buklo.

currant, ribo, sekvinbereto (korinta).

current, fluo.

curtain, kurteno.

curved, kurba, fleksita, nerekta.

cushion, kuseno.

customer, kliento.

cutlet, kotleto.

cycle, ciklo.

cyclone, ciklono.

Czar, Caro.

D

daffodil, narciso.

daily, ĉiutaga.

dainty, frandajô; frandema delikata,

daisy, lekant'o,-eto.

dam, digo, akvoŝtopilo.

damage, difekti.

dance, danc'i,-o; balo.

dandelion, leontodo.

dare, kuraĝi.

darn, fliki.

date, dato; (*fruit*) daktilo.

dawn, tagiĝo.

dead, senviva, mortinta.-ly, pereiga.

dear, kara, multekosta.

debauch, diboĉo.

debris, rub'o,-aĵo.

debt, ŝuldo, (*be in*—) ŝuldi.

decipher, deĉifri.

deck, ferdeko; ornami.

declaration, deklaracio.

decoration, ornamajô; ordeno.

decree, dekreto, mandate.

decrepit, kaduka.

dedicate, dediĉi.

deed, ago, faro, faraĵo, faritaĵo; dokumento.

deep, profunda; (*sound*) basa.

deer, cervo.

defeat, venki, malvenko.

defend, defendi.

defer, prokrasti.

deficiency, deficito, malsufiĉeco.

defile, intermonto; malpurigi.

define, difini.

definite, definitiva.

degenerate, degeneri.

degree, grado.

Deity, Diaĵo, Dieco.

delay, prokrasti.

delegate, deleg'i,-ito.

delicate, delikata.

delightful, ĉarma, rava.

delirium, delir'o, (*be in*)-i.

deliver, savi, liberigi; (*goods*) liveri.

deluge, superakvego, diluvo.

den, nestego, kaverno.

denounce, denunci.

deny, nei, malkonfesi.

depart, foriri.

department, fako.

depend, dependi.

derive, devenigi.

descendant, ido, posteulo.

describe, priskribi.

desert, dezerto; forlasi; forkuri de.

desk, pupitro.

despatch, ekspedi, depeŝo.

dessert, deserto.

destine, (for), difini (por).

destroy, detrui.

detail, detalo.

detriment, malutilo, perdo.

develop, plivastigi, disvolv'-i,-iĝi, (*phot.*) aperigi.

devil, diablo, demono.

devoted, sindona.

devout, pia.

dew, roso.

dexterous, lerta.

dial, ciferplato.

diarrhoea, lakso.

dice, ludkuboj.

dictate, dikti.

dictionary, vortaro.

die, morti.

differ, diferenci.

digest, digesti.

dignity, digno, rango.

dine, tag', vesper',-manĝi.

dip, trempi, subakvigi.

diploma, diplomo.

diplomacy, diplomatio.

direct, direkti, rekta, senpera.

disappoint, seniluziigi, ĉagreni.

discharge, eligi, eksigi, elpagi.

disciple, lernanto, disĉiplo.

discipline, disciplino.

discount, diskonto, rabato.

discover, eltrovi.

discreet, diskreta, singardema.

discuss, diskuti.

disease, malsano.

disguise, alivesti, maski.

disgust, naŭzi.

dish, plado.

dislocate, elartikigi.

dismal, funebra.

dismay, konsterni.

dispel, peli, forpeli, dispeli.

dispose, disponi.

disposition, inklino, emo.

dispute, disputi, malpaci.

dissect, sekci.

disseminate, dissemi.

dissolve, solvi.

distance, interspaco, malproksimeco, distanco.

distinct, klara.

distinguish, distingi.

distract, distri.

distribute, disdoni.

district, regiono, kvartalo, distrikto.

ditch, foso.

dive, subakviĝi.

dividends, rento, dividendo.

divorce, eksedzigi.

dizziness, kapturniĝo.

do, fari.

doctor, kuracisto, doktoro.

doctrine, doktrino, instruo.

domestic, hejma, doma.

dose, dozo.

dot, punkto.

double, duobl'a,-igi.

doubt, dubi.

dough, knedaĵo.

down, lanugo; malsupre.

dowry, doto.

drag, treni.

dragon, drako.-fly, libelo.

dragoon, dragono.

drain, defluilego, senakvigi.

drake, anaso.

drape, drapiri.

draught, aerfluo.-s *(game)* damoj.

draw, desegni; tiri, *(from well)* ĉerpi.

drawer, tirkesto.

drawers, kalsono, (chest of-s), komodo.

dream, sonĝ'i,-o; (day-), rev'o,-i.

dredge, skrapegi.

dress, robo; vesti, sin vesti.

drill, bori; ekzerco, manovro.

drink, trinki, (*to excess*) drinki.

drive, veturi; peli.—away, forpeli.

droll, ridinda, ŝerca.

drone, abelviro; zumi.

drop, gut'o,-i.

drown, dron'i,-igi.

drug, drogo.

drum, tamburo.

drunken, ebria.

dry, seka.—land, firmaĵo.

duck, anasino, anaso.

duration, daŭro.

duty, devo, (*tax*) imposto. be on—, deĵori.

dwell, loĝi, restadi.

dye, tinkturi.

dyke, digo.

E

eager, avida.

ear, orelo, (*corn*) spiko.

earl, grafo.

early, fru'a,-e.

earn, perlabori.

earnest, serioza, diligenta, fervora.

earth, tero.-quake, tertremo.

earthenware, fajenco.

east, oriento.

easter, Pasko.

ebony, ebono.

ecclesiastical, eklezia.

echo, eĥo, resonadi.

edge, rando, trancrando, bordo

edify, edifi.

edit, redakti.

edition, eldono.

editor, redaktoro.

educate, eduki.

eel, angilo.

effect, efiko, efekto.

effective, efektiva.

efficacious, efika.

effort, peno, klopodo.

eiderduck, molanaso.

elastic, elast'a,-aĵo.

elbow, kubuto.

elder, (tree) sambuko.

elect, elekti, baloti.

electricity, elektro.

elegant, eleganta.

elf, koboldo, elfo.

elm, ulmo.

eloquent, elokventa.

embalm, balzami.

embrace, ĉirkaŭpreni, enbrakigi; ampleksi.

embroider, brodi.

emerald, smeraldo.

emigrate, elmigri.

eminent, eminenta.

emotion, kortuŝeco.

emphasis, emfazo, akcentego

empire, imperio.

enable, ebligi.

enamel, emajl'o,-i.

enchant, ravi; ensorĉi.

encore, bis.

endeavour, klopodi, peni.

endow, doti.

endure, daŭri; toleri, suferi.

energy, energio.

engine, maŝino, lokomotivo, motoro.

engrave, gravuri.

enjoy, ĝui.

enlist, varbi, rekruti.

enough, sufiĉa, (be—) sufiĉi.

entangle, impliki.

enterprise, entchepreno.

entertain, amuzi; regali.

enthusiasm, entuziasmo.

entice, logi, allogi.

entwine, kunplekti.

envelop, envolvi.

envelope, koverto.

environs, ĉirkaŭaĵo.

equivalent, ekvivalenta, egala.

erase, trastreki; forfroti.

erect, vertikala; rekta; starigi.

errand, komisio.

escape, forkuri, forsaviĝi.

establish, fondi, starigi.

estate, (*land*) bieno.

esteem, estimi.

estimate, taksi.

eternal, eterna, ĉiama.

ethical, etika.

eve, antaŭtago.

even, eĉ; parnombra; ebena.

event, okazo.

evil, malbono, peko.

exact, ĝusta, preciza; postuli.

examine, ekzameni, esplori.

examination, ekzameno.

example, ekzemplo.

exceed, superi.

except, krom, esceptinte; escepte.

exchange, interŝanĝi. the—, Borso.

excite, eksciti.

exclusive, eksklusiva.

excursion, ekskurso.

execute, efektivigi; (—*a criminal*), ekzekuti.

exercise, ekzerci.-book, kajero.

exhaust, konsumi, elĉerpi.

exhibition, ekspozicio.

exhort, admoni.

expect, atendi.

expel, elpeli.

experience, sperto.
experiment, eksperimento.
expert, lerta, kompetenta.
explode, eksplod'-i,-igi.
express, esprimi, ekspreso.
extend, etendi.
exterminate, ekstermi.
extinguish, estingi.
extract, ekstrakti, eltiri.
extraordinary, eksterordinara.
eye, okulo.-brow, brovo.-lid, palpebro.

F

fable, fablo.
fact, fakto. in—, ja, efektive.
factory, fabrikejo, faktorio.
fade, velki.
fail, manki; malprosperi, bankroti.
faint, sveni.
fair, foiro; blonda; justa.
fairy, feino, feo.
faith, fido, kredo.
falcon, falko.
false, falsa, malvera.
fame, gloro, renomo; famo.
familiar, kutima, intima.
family, familio.
fan, ventum'i,-ilo.
fare, farti; veturpago.
farm, farmi (*have on lease*); farmobieno.
fashion, modo, maniero, fasono.
fast, fast'i,-o; rapida.
fasten, alligi, fiksi,
fat, gras'a,-o; sebo.
fatal, fatala, mortiga.
fate, sorto.
fathom, sondi, klafto.
fault, kulpo; difekto; eraro.

favour, favori, komplezo.
feast, regalo, festeno; festo.
feather, plumo.
feature, trajto.
feed, nutri, mangîgi, pasti.
feel, palpi, senti.
felt, felto.
female, ino, virinseksa.
fence, skermi; palisaro.
ferment, fermenti.
fern, filiko.
ferret, ĉasputoro,
ferry-boat, pramo.
fester, ulcerigî, pusi.
festival, festo.
feudal, feŭdala.
fever, febro.
fibre, fibro.
fife, fifro.
fig, figo.
fight, batal'i,-o.
figure, cifero; figuro.
figurative, figura.
file, fajli,-ilo.
film, filmo, tavoleto.
filter, filtr'i,-ilo.
fin, nagîlo.
fine, delikata; monpuno.
fir, abio.
fire, brulo, fajro; (*gun*), pafi.
fireplace, kameno, fajrejo.
fireworks, artfajraĵo.
firm, firma, fortika; firmo.
fish, fiŝ'o,-i,-kapti.
fist, pugno.
fit, atako.—for, taŭga; konvena, deca.
fix, fiksi.
flake, floko, neĝero.
flame, flami.

flannel, flanelo.

flat, plata, ebena; apartamento.

flatter, flati.

flavour, gusto.

flax, lino.

flea, pulo.

flesh, (*meat*), viando; karno.

flint, siliko.

flit, flirti.

float, naĝi; surnaĝi.

flock, aro, paŝtataro, ŝafaro.

flog, skurĝi.

flood, superakvegi.

floor, planko, etaĝo.

flour, faruno.

flow, flui.

flower, flor'o,-i.-bed, bedo.

fluid, fluajo.

flutter, flugeti, flirti.

fly, muŝo; flugi.

fog, nebulo.

fold, fald'i,-o.

follow, sekvi.

fondle, dorloti, karesi.

food, nutraĵo.

fool, malsaĝulo.

foot, piedo; futo.-man, lakeo.-path, trotuaro, piedvojeto.

forage, furaĝo.

forehead, frunto.

foreign, ali', ekster'-landa, fremda.

forest, arbarego.

forge, forĝi.

forget, forgesi.-me-not, miozoto.

forgive, pardoni.

formidable, timeginda.

formulate, formuli.

fortress, fortikaĵo.

fortunate, feliĉa.

foundation, fundamento

foundry, fandejo.

fountain, fontano.

fowl, kortbirdo.

fox, vulpo.

frame, kadro.

freckle, lentugo.

free, liber'a,-igi; senpaga.

freeze, frostiĝi, glaci'igi,-iĝi.

frequent, ofta; vizitadi.

fringe, franĝo.

fritter, fritaĵo.

frock, vesteto.-coat, surtuto.

frog, rano.

frolic, petoli.

frown, sulk'o,-igi.

frugal, ŝparema,

fruit, frukto.-ful, fruktodona.

fry, friti, *(spawn)* frajo,-ing pan, pato, fritilo.

fuel, brulaĵo, hejtaĵo.

fulfil, plenumi.

fun, ŝercado.

function, funkcio.

funeral, enterigiro.

funnel, funelo.

funny, ridinda.

fur, felo; *(—coat)* pelto.

furnace, fornego.

furnish, mebli, provizi.

furrow, sulko.

further, pile, plimalproksime.

fury, furiozo, furio.

fuse, fandi.

furniture, mebl'o,-aro.

future, estonteco.

G

gadfly, tabano.

gain, gajni, *(clock)* trorapidi.

gall, galo.-nut, gajlo.

gallery, galerio.

gallop, galopi.

game, ludo, ĉasaĵo.

gap, breĉo; manko.

gargle, gargari.

garrison, garnizon'o,-i.

gas, gaso.

gate, pordego.

gauze, gazo.

gelatine, gelateno.

gem, gemo.

general, ĝenerala; generalo.

generation, generacio.

generous, malavara.

genius, genio, geniulo.

gentle, dolĉa, neforta, milda.

gentleman, sinjoro.

genus, gento.

germ, ĝermo.

germinate, ĝermi.

gesture, gesto.

ghost, fantomo.

giant, giganto.

gild, ori, orumi.

gill, *(of fish)*, branko.

gin, ĝino.

ginger, zingibro.-bread, mielkuko.

gipsy, cigano.

give, doni, donaci,

glacier, glaciejo.

glass, vitro, a——, glaso. looking——, spegulo.

glaze, glazuri.

glorify, glori.

glove, ganto.

glow, ardi, brili.-worm, lampiro.

glue, gluo.

glycerine, glicerino.

gnat, kulo.

gnaw, mordeti.

goat, kapro.

goblet, pokalo.

goblin, koboldo.

God, Dio.

gold, oro.

goldfinch, kardelo.

golosh, galoŝo.

goodbye, adiaŭ.

goose, anserino.

gooseberry, groso.

gospel, evangelio.

gout, podagro.

govern, regi.

governess, guvernistino

graceful, gracia.

gradual, grada, laŭgrada.

graft, inokuli, grefti.

grain, grajno, greno.

grammar, gramatiko.

grape, vinbero.

grass, herbo.

grasshopper, akrido.

grate, fajrujo; raspi, skrapi.

grating, krado.

gravity, pezo.

gravy, suko.

grease, graso; ŝmiri.

great, granda.-coat, palto, gravitoj

greedy, avida, manĝegema.

green, verda.-house, varmejo.

greengage, renklodo.

grey, griza.-hound, leporhundo.

grill, kradrosti.

grin, grimaci, rikani.

grind, mueli; pisti; grinci.

gristle, kartilago.

groan, ĝemi.

grocer, spicisto.

grotesque, groteska.

grotto, groto.

ground, tero.-floor, teretaĝo.

groundsel, senecio.

group, grup'o,-igi.

grouse, tetro.

grub, larvo.

guarantee, garantii.

guard, gardi, (*milit.*) gvardio.

gudgeon, gobio.

guess, diveni, konjekti.

guide, gvidi.

guillotine, gilotino.

gulf, golfo.

gull, mevo.

gullet, ezofago gorĝo, faŭko.

gum, gumo, dentokarno.

gun, pafilo, kanono.-powder, pulvo.

gush, ŝpruci.

guttapercha, gutaperko.

gutter, defluilo.

H

habit, kutimo.

haddock, eglefino.

hair, haro, haroj; hararo-dresser, frizisto.

hall, vestiblo, halo, salono.

halt, halti, lami.

halter, kolbrido.

ham, ŝinko.

hammer, martelo.

hand, mano.-ful, plenmano,-shake, manpremo.

handkerchief, naztuko.

handle, tenilo, manpreni.

hang, pend'i,-igi.

hansom, kabrioleto, fiakro.

happen, okazi.

harbour, haveno.

harden, malmoligi, (*health*), hardi

hare, leporo.

harm, difekti, malutili.

harness, jungi, jungaĵo.

harpoon, harpuno.

harrow, erpi, erpilo.

harvest, rikolto.

hasten, rapid'i,-igi.

hatch, kovi.

hatchet, hakilo.

haunch, kokso.

hawk, akcipitro; kolporti.

hawthorn, kratago.

hay, fojno.

hazlenut, avelo.

heal, resanigi, cikatriĝi.

health, sano. propose a—, toasti.

heap, amas'o,-igi.

heart, koro, (*cards*) kero. by, parkere.

hearth, kameno, fajrujo, hejmo.

heath, eriko, erikejo, stepo.

heathen, idolano.

heaven, ĉielo.

heavy, peza.

hedge, plektobarilo,-hog erinaco.

heir, heredanto.

hell, infero.

helm, direktilo.

helmet, kasko.

hem, borderi.

hemp, kanabo.

herald, heroldo.

heresy, herezo.

hermit, ermito.

hero, heroo.

heron, ardeo.

herring, haringo.

hesitate, ŝanceliĝi, heziti.

hiccough, singulti.

hide, kaŝi; felo.

hinge, ĉarniro.

hip, kokso.

hire, dungi; lui; pago.

hiss, sibli

hit, frapi.

hoard, amaso.

hoar frost, prujno.

hoax, mistifik'o,-i.

hole, truo, kavo

holiday, festo, libertempo.

hollow, kav'a,-o.

holly, ilekso.

honey, mielo,-comb, mieltavolo.-suckle, lonicero.

hood, kapuĉo, kufo.

hook, hoko, agrafo; alkroĉi.

hope, espero.

hops, lupolo.

horizon, horizonto.

horn, korno.

hospitable, gastama.

hospital, hospitalo.

host, mastro; gastiganto; hostio.

hostage, garantiulo.

hotel, hotelo.

hover, flirti.

hub, radcentro, akso.

hue, nuanco, koloro,

hum, zumi.

human, homa.-being, homo.

humane, humana.

humble, humila.

humbug, blago.

humming-bird, kolibro.

humorous, humoraĵa, sprita, ŝerca.

hump, ĝibo.

hunger, malsato.

hunt, ĉasi.

hurrah, hura.

hurricane, uragano.
hurt, vundi, malutili.
husk, ŝelo.
hut, kabano.
hymn, himno.
hyphen, streketo.
hypocritical, hipokrita.

I

ideal, ideala.
identical, identa.
idiom, idiomo, idiotismo.
idiotic, idiota.
idle, senokupa.
idol, idolo.
illegitimate, nelaŭleĝa, bastarda,
illuminate, ilumini.
illusion, iluzio.
illustrate, ilustri.
image, figuro, bildo.
imagine, imagi, revi.
imbibe, ensorbi.
imbue, penetri, inspiri.
imitate, imiti.
immediately, tuj.
imminent, surpenda, minaca.
impassive, stoika, kvietega.
impertinent, impertinenta.
implement, ilo.
implicate, impliki.
importune, trud'i,-igi.
impose, trudi, trompi.
impregnable, fortika, nekaptebla.
impress, impresi.
improvize, improvizi.
impudent, senhonta.
inch, colo.
incident, okazaĵo, epizodo.

incite, instigi; inciti.

incline, inklini, deklivo.

include, enhavi, enkalkuli.

income, enspezo, rento.

incommode, ĝeni.

incompatible, nekunigebla.

increase, kreski, pli'igi,-iĝi.

incriminate, enkulpigi.

indeed, efektive, ja.

independent, sendependa.

index, nomaro; montra tabelo.

india-rubber, kaŭĉuko.

indifferent, indiferenta.

indigenous, indiĝena, enlanda.

indignant (to be), indigni.

indirect, malrekta, pera.

indispensable, nepre necesa.

individual, individuo.

indolent, senenergia.

indomitable, necedigebla.

indorse, dorseskribi, ĝiri.

induce, decidigi, alkonduki.

indulge, indulgi.

industrious, diligenta, laborema

industry, *(business)*, industrio.

infantry, infanterio.

infect, infekti.

infiltrate, ensorbiĝi.

infinite, senlima, sennombra, senfina.

infirm, kaduka, malforta.

inflammation, brulumo.

influence, influ'o,-i sur.

influenza, gripo, influenco.

inform, informi, sciigi.

infuse, infuzi.

inherit, heredi.

initiate, iniciati.

inject, enŝprucigi, enĵeti.

injection, *(med.)*, klistero.

injure, vundi, difekti, malutili.

inquest, enketo.

inquisitive, sciama, scivolo.

insect, insekto.

inside, interna, (—out) returnite.

insidious, insida.

insist, insisti.

inspector, inspektoro.

inspire, enspiri, inspiri.

instigate, instigi.

instinct, instinkto.

institution, instituto.

instructions, instrukcio.

insult, ofendi; malhonori.

insure, asekuri.

intellect, intelekto, prudento.

intelligent, inteligenta.

intend, intenci.

intense, ega, intensa.

intercourse, interrilato.

interest, procento, rentumo, intereso, interes'i,-igi,-iĝi.

interfere, sin inter'meti,-miksi, sin altrudi.

interrupt, interrompi.

interval, inter'spaco,-tempo.

intervene, interveni.

interview, intervjuo.

intricate, malsimpla, komplika.

introduce, prezenti, enkonduki.

intrude, trudi.

invade, invadi.

invaluable, netaksebla.

invent, elpensi.

invert, renversi.

invest, (money), procent'doni,-meti.

invoice, fakturo, kalkulo.

iris, (of eye), iriso; (flower) irido.

iron, fero; gladi.

ironmonger, feraĵisto.

irony, ironio.

irritate, inciti, kolerigi.
island, insulo.
isolate, izoli.
isthmus, terkolo, istmo.
italics, (*in*—), kursive.
itch, juki.
item, ero.
itinerant, vaganta.
ivory, eburo, elefantosto.
ivy, hedero.

J

jackal, ŝakalo.
jacket, jako, ĵaketo.
jam, fruktaĵo, konfitaĵo.
jaw, makzelo.—s. faŭko.
jealous, ĵaluza.
jelly, gelateno.
jessamine, jasmeno.
jewel, juvelo.
jingle, tinti.
join, kun'igi,-iĝi; unuiĝi kun, aliĝi.
joiner, lignaĵisto.
joint, artiko; kuniĝo.
joist, trabo.
joke, ŝerci.
journal, ĵurnalo; taglibro.
journey, vojaĝ'i,-o; veturi.
joy, ĝoj'o. be—ful,-i.
jubilee, jubileo.
judgment, juĝo.
judicious, prudenta, saĝa.
jug, kruĉo.
juggle, ĵongli.
juice, suko.
jump, salti.
jury, juĝantaro, ĵurintaro.
juryman, ĵurinto.

just, justa; ĝuste; (*time*) ĵus.
justify, pravigi.

K

keel, kilo.
keep, teni, gardi, konservi.
kernel, kerno.
kettle, kaldrono, bolilo.
key, ŝlosilo, (*piano*) klavo.
kick, piedfrapi.
kidney, reno.
kill, mortigi, buĉi, senvivigi.
kind, speco; afabla, bonkora
kingdom, regno, reĝlando.
kingfisher, alciono.
kiss, kisi.
knapsack, tornistro.
knave, fripono; (*cards*) lakeo.
knead, knedi.
knee, genuo.
kneel, genufleksi.
knife, tranĉilo.
knight, kavaliro.
knit, triki.
knock, frapi.
knot, nodo, (*in wood*) lignotubero
know, (—*a fact*), scii; (*as a person*) koni.
knuckle, fingroartiko; (*hock*) poplito.

L

label, surskribeto, etiketo.
lace, punto; pasamento; (*boot*—), laĉo.
lacquer, lako.
ladder, ŝtupetaro.
ladle, ĉerp'i,-ilo.
ladybird, kokcinelo.
lagoon, laguno.
lair, bestkuŝejo, nestego.

lake, lago; lakruĝo.

lame, kripla. to be—, lami.

lamp, lampo, lanterno, (-*wick*) meĉo.

land, lando; tero; surteriĝi.

landscape, pejzaĝo, vidaĵo.

language, lingv'o,-aĵo.

lapwing, vanelo.

larch, lariko.

lard, lardi; porkograso.

lark, alaŭdo.

last, lasta, fina; daŭri; (*boot-*) botoŝtipo.

lath, lato.

lathe, tornilo.

lattice, krad'o,-aĵo; lataĵo.

laurel, laŭro.

lava, lafo.

lavender, lavendo.

law, leĝo; juro, (-*suit*) proceso.

lawn, batisto; herbejeto.

lay, meti; (*eggs*) demeti; laika.

layer, tavolo; (*plants*) markoti.

lead, konduki.

lead, plumbo. black—, grafito.

leaf, folio, paperfolio.

league, ligo.

leak, traflueti.

lean, klini.—on, sin apogi sur; malgrasa.

leap year, superjaro.

learn, lerni, sciiĝi pri.

learned, klera, instruita.

leather, ledo.

leave, lasi, forlasi; deiri; testamenti; restigi.

lecture, parolad'o,-i; prelego.

leech, hirudo.

leek, poreo.

leg, kruro, (*of fowl, etc.*) femuro.

legacy, heredaĵo, testamentaĵo.

legend, legendo, fabelo.

legitimate, rajta, laŭleĝa.

lemon, citrono.

lemonade, limonado.

lend, pruntedoni.

lentil, lento.

leprosy, lepro.

lesson, leciono.

let, lasi, permesi; (*a house*) luigi

lettuce, laktuko.

level, ebena; nivel'o,-ilo.

lever, levilo.

liberal, liberal'a,-ulo.

library, biblioteko.

lichen, likeno.

lick, leki.

lie, kuŝi, (*tell a*—) mensogi.

life, vivo, vigleco.

lift, levi, levilo, lifto, elevatoro.

light, lum'i,-o; (ek)lumigi, malpeza.

like, simila; kiel; ŝati.

likely, verŝajne, kredeble.

lilac, siringo.

lily, lilio; (*of the valley*) konvalo.

lime, kalko; (*tree*) tilio.

limit, lim'o,-igi.

limp, lami, lameti.

line, linio; subŝtofi.

linen, tolo, linaĵo, (*washing*) tolaĵo.

linnet, kanabeno.

lint, ĉarpio.

lip, lipo.

liquid, fluid'a,-aĵo.

liquidate, likvidi.

liqueur, likvoro.

liquorice, glicirizo.

list, tabelo, nomaro, listo, katalogo, registro.

literal, laŭlitera, laŭvorta.

literature, literaturo; (*polite*—) beletristiko.

live, vivi, loĝi.

liver, hepato.

livery, livreo.

lizard, lacerto.

load, ŝarĝ'i,-o; *(—a gun)* ŝargi

loaf, pano, panbulo.

lobby, vestiblo.

lobster, omaro.

local, loka, tiea, regiona.

lock, ŝlosi; seruro; *(hair)* tufo; *(canal)* kluzo.

locust, akrido.

log, ŝtipo, bloko.

loins, lumbo.

lonely, sol'a, eca, ula.

long, longa.—for, sopiri pri.

look, aspekto, mieno.—at, rigardi.—for, serĉi.—after, zorgi
    pri, varti.

loop, maŝo.

Lord, *(the—)* Sinjoro, *(a—)* nobelo.

lose, perdi, malgajni, *(clock)* malrapidi.

lots, *(cast)*, loti.

lottery, loterio.

loud, laŭta.

love, ami. make—, amindumi.

loyal, lojala, fidela.

lozenge, pastelo, *(—shape)* lozanĝo.

luck, feliĉo, ŝanco, sorto.

lucky, feliĉa.

luggage, pakaĵoj.

lull, luli; trankviligi.

lamp, bulo, maso, ŝvelaĵo.

long, pulmo.

lupin, lupeno.

luxury, lukso.

lynch, linĉi.

lynx, linko.

lyre, liro.

lyric, lirika.

M

machine, maŝino.

mackerel, skombro.

mad, freneza, rabia.

magic, magio.

magnanimous, grandanima

magpie, pigo.

mahogany, mahagono.

majesty, majesto, Moŝto.

major, *(milit.)*, majoro.

majority, plimulto; plenaĝo.

make, fari,-igi; fabriki.

male, vira, virseksa.

malicious, malica.

mallow, malvo; *(marsh—)* alteo.

malt, malto.

mammal, mambesto.

manage, administri, *(—a house)* mastrumi.

mane, kolharoj.

mange, favo, skabio.

mania, manio.

manna, manao.

manner, maniero; teniĝo, mieno.

manners, moroj.

manoeuvre, manovro.

mantle, mantelo.

manufacture, fabriki, manufakturo.

manure, sterko.

manuscript, manuskripto.

map, karto, geografikarto.

maple, acero.

marble, marmoro; globeto.

march, marŝi.

marigold, kalendulo.

mark, sign'o,-i; mark'o.

market, vendejo, foiro, komercejo.

marl, kalkargilo.

marrow, ostocerbo, *(vegetable—)* kukurbeto.

marry, edz (in)-igi,-iĝi.

marsh, marĉo.

martyr, martiro, suferanto.

mask, masko.

mason, masonisto. free——, framosono.

mass, amaso, *(church)* meso.

mast, masto.

master, mastro, majstro.

mastiff, korthundo, dogo,

mat, mato.

match, alumeto; parigi.

matchmaker, svatist'o,-ino.

material, ŝtofo, materialo.

mattress, matraco.

mayor, urbestro.

meadow, herbejo.

meal, faruno; *(a——)* manĝo.

mean, celi diri; signifi; malnobla.

meaning, signifo, senco.

means, rimedo. by——of, per.

measles, morbilo.

measure, mezuri; *(music)* takto.

meat, viando.

mechanic, meĥanikisto, metiisto

meddle, enmiksiĝi.

medicine, *(a)*, kuracilo, medikamento, *(science)* medicine.

meditate, mediti.

medium, meza; *(a)*, mediumo.

meek, modesta, kvieta.

meet, renkonti,-iĝi; kunveni.

melody, melodio.

melt, fluid'iĝi,-igi, *(metals)* fandi.

memory, memoro.

mend, ripari, *(patch)* fliki.

mental, spirita, intelekta, cerba.

merchant, komercisto, negocisto.

mercy, kompato, indulge, korfavoreco.

merry, gaja; *(to be——)* gaji.

mesh, maŝo,-aĵo.

Messiah, Mesio.

metal, metalo.

method, metodo.

middle, mezo.

midwife, akuŝistino.

mignonette, resedo.

migrate, migri.

mild, milda, neforta, kvieta

mile, mejlo.

military, milita.

milk, lakto, melki.

mind, spirito, animo; intelekto atenti, zorgi pri, ne ofendiĝi

mine, mini, subfosi; mia.

mineral, mineralo.

minister, pastro, *(polit.)* ministro.

mint, mento.

minutes, *(of meeting, etc.)*, protokolo.

miracle, miraklo.

mirror, spegulo.

misery, mizero.

mission, misio.

mistake, erar'o,-i.

mistletoe, visko.

mite, akaro.

mix, miksi.

mob, popolamaso, popolaĉo, fipopolo, kanajlaro.

mock, moki.

model, modelo.

moderate, modera.

modern, moderna.

modest, modesta.

molasses, melaso, sukerrestaĵo.

mole, talpo; digo.

molest, ĝeni, sin altrudi al.

monarch, monarĥo.

money, mono,-order, poŝtmandato.

mongrel, hibrida.

monk, monaĥo.

monkey, simio.

monster, monstro.

mood, modo.

moor, stepo, erikejo; *(—a ship)* alligi.

moral, morala, bonmora.

mortar, mortero, *(a—)* pistujo.

mortgage, hipoteko.

mortify, ĉagreni; gangreniĝi.

mortification, *(med.)*, gangrene.

mosaic, mozaiko.

mosquito, moskito.

moss, musko.

moth, *(clothes—)*, tineo.

motive, motivo.

motto, devizo, moto.

mould, model'i,-ilo; tero, ŝimo.

mound, altaĵeto, remparo, digo.

mourn, funebri.-ing, funebra vesto.

move, mov'i,-iĝi.

movement, movo, movado.

mow, falĉi.

mud, koto, ŝlimo.

muddle, fuŝi; konfuzi.

muff, mufo.

mug, pokaleto.

mulberry, moruso.

mule, mulo.

mummy, mumo.

murmur, murmuri.

muscle, muskolo.

museum, muzeo.

mushroom, fungo, agariko.

muslin, muslino.

mussel, mitulo.

must, devi.

mustard, mustardo, *(-plant)*, sinapo.

mutual, reciproka.

myriad, miriado.

mystery, mistero.

myth, mito.

nail, najli; (*of finger, etc.*) ungo.

naive, naiva.

naked, nuda.

nape, nuko.

nation, nacio.

native, enlanda, indiĝena; (—*land*) patrujo.

nature, naturo.

nausea, naŭzo.

nave, (*church*) navo; (*of wheel*) aksingo.

navigable, ŝipirebla.

near, proksima; apud.

neat, pura, bonorda.

necktie, kravato.

nectar, nektaro.

need, bezoni.

neglect, ne zorgi pri, preterlasi, malatenti.

negociate, negoci.

neighbour, najbaro, proksimulo.—hood, ĉirkaŭaĵo.

neither, nek.

nerve, nervo.

net, reto; tulo.

nettle, urtiko.

neuter, neŭtra.

neutral, neŭtrala.

news, sciigo, novaĵo.—paper, ĵurnalo, gazeto.

next, plejproksima, sekvanta.

niche, niĉo.

nightingale, najtingalo.

noble, nobla.-man, nobelo.

nod, signodoni.

noise, bruo.

nonsense, sensencaĵo.

noon, tagmezo.

noose, maŝo.

nor, nek.

normal, norma, normala.

north, nordo.

note, not'i,-o, rimark'i,-o, (*music*) noto, tono.

notice, rimarki, noti, avizo.

nought, nulo, nenio.

nourish, nutri.

novel, romano.

novice, novico, novulo.

now, nun, nuntempe.

numb, rigida.

number, (*quantity*) nombro; (*No.*) numero; numeri.

nurse, (*a child*) varti, (*the sick*) flegi.

nurseling, suĉinfano.

nut, nukso, (*of screw*) ŝraŭbingo.

nutmeg, muskato.

nymph, nimfo.

O

oak, kverko.

oakum, stupo.

oasis, oazo.

oath, (*legal*) juro; blasfemo.

oatmeal, grio, avenfaruno.

oats, aveno.

object, objekto, aĵo, (*aim*) celo.

oblige, devigi; fari komplezon.

observe, rimarki; vidi, observi.

obstinate, obstina.

obstruct, bari, obstrukci.

obtain, ricevi, akiri, havigi al si.

occasion, okazo, okazigi.

occur, okazi.

octopus, okpiedulo.

off, for, de.

offend, ofendi.

offence, ofendo, kulpo, peko.

offer, propono.

office, ofico, oficejo, kontoro.

officer, oficisto, (*milit.*) oficiro.

officiate, funkcii; deĵori; servi kiel.

offspring, ido, idaro.

often, ofte.

oil, oleo.-cloth, vakstolo.

ointment, ŝmiraĵo.

olive, olivo.

omnibus, omnibuso.

omnipotent, ĉiopova.

omniscient, ĉioscia.

once, unufoje, iam, foje.

onion, bulbo.

only, nur, sola.

ooze, traguteti; ŝlimo.

open, malferm'i,-a.

opera, opero.-glass, lorneto.

operate, funkciigi; (*med.*) operacii.

opinion, opinio; (*be of*—), opinii.

opium, opio.

opportunity, okazo.

oppress, subpremi.

or, aŭ.

oracle, orakolo.

orange, oranĝ'o,-kolora.

orbit, orbito.

orchard, fruktarbejo.

orchestra, orkestro.

orchid, orkideo.

order, ordo; klaso; ordoni; mendi; (*postal*) poŝtmandato, (*decoration*) ordeno.

ore, minaĵo, mineralo, metalo.

organ, organo,-ilo; (*music*) orgeno.

organic, organika.

organise, organizi.

origin, deveno, origino.

original, original'a,-o.

ornament, ornamo; garnituro.

orphan, orf'o,-ino.

oscillate, balanciĝi, pendoli.

osier, salikaĵo.

ostentation, fanfaronade, parado.

ostrich, struto.
other, alia, cetera.
ought, devus.
ounce, unco.
outlaw, proskripcii.
outlay, elspezo.
outlet, defluejo, elirejo.
outline, konturo, skizo.
outrage, perfort'aĵo,-i.
oval, ovalo, ovoforma.
oven, forno.
overall, kitelo, supervesto
overcoat, palto.
overlook, esplori, pardoni, malatenti.
overseer, laborestro, kontrolisto, vokto.
overtake, kuratingi.
overturn, renversi.
owe, ŝuldi.
owing to, pro, kaŭze de.
owl, strigo, gufo.
own., propra; posedi; konfesi.
ox, bovo.
oyster, ostro.

P

pack, paki.—up, enpaki.
pad, ŝvelaĵo, pufo; remburi.
pagan, idol'isto,-ano.
page, paĝo; (*boy*) lakeeto; (*noble*) paĝio.
pail, sitelo.
pain, dolor'o,-i; igi. take—s, peni.
paint, pentri, kolori;-brush, peniko.
pair, paro.
pale, pala; malhela.
paling, palisaro.
palm, palmo, manplato.
palpitation, korbatado.
pan, tervazo. sauce-, kaserolo; frying-, pato.

pane, vitraĵo.
pansy, violo trikolora, trikoloreto.
paper, papero. wall-, tapeto.
parable, komparaĵo, alegorio.
parade, parado, pompo.
paragraph, paragrafo.
parchment, pergameno.
parish, paroĥo.
park, parko.
parliament, parlamento.
parrot, papago.
parsley, petroselo.
parson, pastro.
particular, speciala, aparta.
partridge, perdriko.
party, (polit.) partio; festeto; aro.
pass, pasi, pasigi.
passage, trairejo, vojaĝo.
passion, pasio; manio; kolerego.
past, estinta, pasinta.
paste, pasto.
pastry, pasteĉo.
pasture, paŝti, paŝtejo.
patch, fliki.
path, vojeto.
pathetic, kortuŝa.
patience, pacienco.
patriot, patrioto.
pattern, modelo, desegno.
pause, halteti, paŭzi.
pave, pavimi.
paw, piedego.
pawn, garantie doni; (chess) soldato.
pay, pagi; salajro.
pea, pizo.
peace, paco.
peach, persiko.
peacock, pavo.
peak, pinto.

pear, piro.

pearl, perlo.

pedal, pedalo.

pedestal, piedestalo.

peel, ŝelo, senŝeligi.

pen, plumo, skribilo.

pencil, krajono, (*slate*—) grifelo; (*hair*—) peniko.

pendulum, pendolo.

penetrate, penetri

peninsula, duoninsulo.

pension, pensio.

people, homoj, (a—) popolo.

pepper, pipro.

percentage, procento.

perch, (*fish*) perĉo.

perfect, perfekta.

perhaps, eble.

period, periodo.

perish, perei.

persecute, persekuti, turmenti.

persist, persisti, daŭri.

person, persono.

pestle, pistilo.

petroleum, petrolo.

petulant, petola, incitiĝema.

pewter, stanplumbo.

phantom, fantomo, apero.

phase, fazo.

pheasant, fazano.

phenomenon, fenomeno.

philanthropist, filantropo.

philanthropy, filantropio.

phrase, frazo, frazero.

piano, fortepiano.

pickaxe, pikfosilo, pioĉo.

pickle, pekli.

picture, bildo, pentraĵo; prezenti, ilustri.

pie, pasteĉo.

pig, porko. guinea-, kobajo.

pike, (*fish*), ezoko.

pilgrimage, (*go on*—), pilgrimi.

pill, pilolo.

pillow, kapkuseno.

pilot, pilot'o,-i; gvidi.

pimpernel, anagalo.

pimple, akno.

pin, pinglo, pinglefiksi.

pincers, prenilo.

pinch, pinĉi.

pine, pino; konsumiĝi.-apple, ananaso.

pink, rozkolora; dianto.

pioneer, pioniro.

pipe, tubo, pipo; (*mus.*) ŝalmo.

pistol, pistol'o,-eto.

piston, piŝto.

pit, kavo, fosaĵo, (*well*) puto; (*theatre*) partero.

pitch, peĉo, bitumo; tono.

pitcher, kruĉo.

pity, kompati. (*a-*), domaĝo.

pivot, pivoto, akso.

placard, afiŝo,

place, loko; meti.

plague, turmenti, inciteti; pesto.

plait, plekti, har'ligo,-plektaĵo,

plan, plano, projekto, skizo.

plane, rabot'i,-ilo; (—*tree*) platano.

planet, planedo.

plank, tabulo.

plant, kreskaĵo; planti.

plash, plaŭdi.

plaster, plastro; (*of Paris*) gipso.

plate, telero; (photo) kliŝaĵo.

platform, estrado; plataĵo; perono, trotuaro.

play, ludi; teatraĵo.-ful, petola.

please, plaĉi al, kontentigi.

pleasant, afabla, agrabla.

pledge, garantiaĵo.

pliable, fleksebla.

plot, konspir'i,-o; intrig'i,-o.

plough, plug'i,-ilo.

plum, pruno.

plumber, plumbisto.

plural, multenombro.

plush, pluŝo.

pocket, poŝo, enpoŝigi.

pod, ŝelo.

poem, poemo.

poet, poeto.

poetry, poezio, versaĵo.

point, punkto; (*cards*) poento; (*tip*) pinto.

poison, veneno.

poker, fajrinstigilo.

pole, stango; (*of car*) timono; (*geog.*) poluso.

polecat, putoro.

police, police, (—*court*) juĝejo.

policy, politiko.

polish, poluri.

politics, politiko.

pompous, pompa.

poodle, pudelo.

poor, malriĉa, kompatinda.

pope, papo.

poplar, poplo.

poppy, papavo.-coloured, punca

popular, populara.

porcelain, porcelano.

porcupine, histriko.

porous, pora, truaĵa.

porpoise, fokeno.

porridge, kaĉo.

port, haveno.

porter, portisto, pordisto.

portion, parto, (*ration*) porcio,

portmanteau, valizo.

position, pozicio, situacio.

positive, pozitiva, definitiva.

possess, posedi, havi

possible, ebla.

post, stango, fosto; ofico. letter—, poŝto.

postage, postelspezo, (*stamp*) poŝtmarko.

posture, teniĝo, pozo, pozicio.

potato, terpomo.

potent, potenca.

poultice, kataplasmo.

poultry, kortbirdoj.

pound, funto, (*money*) funto sterlinga; pisti.

pour, verŝi (*liquids*), ŝuti.

powder, pulvoro. gun-, pulvo; (*face*—) pudro.

power, povo, potenco.

practise, sin ekzerci; (*profession*) praktiki.

praise, laŭdi, glori.

pray, preĝi, peti.

preach, prediki.

precaution, antaŭzorgo.

precious, altvalora, karega

precipice, krutegaĵo; profundegaĵo.

precise, preciza, ĝusta.

prefer, preferi.

prefix, prefiks'i,-o.

pregnant, graveda.

prejudice, antaŭjuĝo.

premium, premio.

prepare, prepari, pretigi.

prescription, recepto.

present, (*be*), apudesti, ĉeesti; (*gift*) donaco.

present, prezenti, donaci.

preserve, konservi, konfito.

preside, prezidi.

press, premi; gazetaro, ĵurnalaro.

pretend, preteksti, ŝajnigi.

price, prezo, kosto.

prick, piki.

primrose, primolo.

principle, principo.

print, presi; gravuraĵo.

prison, malliberejo.

private, privata, konfidencia.

privilege, privilegio.

prize, premio; ŝati.

probable, kredebla.

problem, problemo.

proboscis, rostro.

process, proceso.

procession, procesio.

proclaim, proklami.

profession, profesio.

professor, profesoro

profit, profito, gajno.

progress, progreso.

pronounce, elparoli.

proof, pruvo, provo, presprovaĵo.

proper, ĝusta, konvena, deca.

prophesy, profeti, antaŭdiri.

proportion, proporcio.

propose, proponi.

prosecute, persekuti, procesi kontraŭ.

protect, protekti, ŝirmi.

protest, protesti.

proud, fiera.

provide, provizi.

provoke, inciti, kolerigi.

prudent, singardema.

public, publika, komuna.

puff, pufo.—up, ŝvel'i,-igi.

pug, mopso.

pull, tiri.

pulley, rulbloko.

pulp, molaĵo.

pump, pump'i,-ilo.

pumice-stone, pumiko.

pupil, lernanto; (*of eye*) pupilo.

pure, pura, virta.

purple, purpura.

purpose, cel'i,-o; intenci.

push, puŝi; (*along*) ŝovi.

put, meti.—off, prokrasti.—aside, apartigi.
putrid, putra.
puzzle, enigmo.

Q

quadruped, kvarpiedulo.
quail, koturno.
Quaker, kvakero.
quality, kvalito, eco.
quantity, kvanto, kiomo.
quarry, ŝtonminejo.
quarter, kvarono, (*district*) kvartalo.
quay, kajo, en (el) ŝipigejo.
question, demandi, dubi.
quick, rapida,-en, akceli.
quicksilver, hidrargo.
quiet, kvieta, trankvila.
quinine, kinino.
quinsy, angino.
quite, tute.
quits, kvitaj.
quorum, kvorumo.
quote, citi.

R

rabbit, kuniklo.
race, raso, gento; vetkuri.
radish, rafaneto. horse-, rafano.
raft, floso.
rag, ĉifono.
rail, relo.-way, fervojo.-way station, stacidomo.
rainbow, ĉielarko.
raisin, sekvinbero.
rake, rast'i,-ilo.
rampart, remparo.
rancid, ranca.
rank, vico, grado, rango.
raspberry, frambo.

rat, rato.

rate, procento,—of, po.

rattle, kraketi.-snake, sonserpento.

raven, korvo.

raw, kruda, nekuirita.

reach, atingi, trafi.

ready, preta.-money, kontanto.

real, vera, reala, efektiva.

ream, rismo.

reap, rikolti.

reason, (cause) kaŭzo, (faculty) prudento; rezoni.

reasonable, prudenta.

rebel, ribeli.

receipt, kvitanco, ricevo.

receipts, enspezoj.

receive, ricevi, akcepti.

recipe, recepto, formulo.

recite, deklami.

recruit, rekruto; varbi.

refer to, sin turni al.

refine, rafini.

refuge, (take) rifuĝ'i,-ejo.

refuse, rifuzi; forĵetaĵo, rubo.

register, registri, enskribi.

regularly, akurate, regule.

reign, reĝi; reĝado, reĝeco.

relate, rakonti; rilati al.

relation, parenco; rilato.

religion, religio.

remain, resti.

remedy, kuracilo, rimedo.

remember, memori.

remove, transloĝ'iĝi,-igi.

rent, luprezo.

repeat, ripeti, rediri.

repent, penti.

report, raporti; famo; (*official*) protokolo.

represent, reprezenti.

reptile, rampaĵo.

republic, respubliko.

repugnance, antipatio.

require, bezoni, postuli.

resemble, simili.

reserve, rezervi.

resign, eksiĝi.

resignation, resignacio; eksiĝo.

resin, rezino.-wood, keno.

resolve, decid'i,-o; solvi.

respect, respekti.

responsible, (for), responda pri.

rest, paŭzo, restaĵo, kvieteco, ripozo, apogi.

restaurant, restoracio.

result, rezulti; sekvo; rezultato.

retail, detale, pomalgrande.

revenge, venĝ'o,-i.

revolution, revolucio.

reward, rekompenco, premio.

rhubarb, rabarbo.

rhyme, rim'i,-o.

rhythm, ritmo.

rib, ripo.

ribbon, rubando.

rice, rizo.

riddle, kribrilo; enigmo.

right, (—hand) dekstra; (legal—) rajto; (straight) rekta; (correct) prava.

righteous, justa, pia.

ring, ringo, rondo; sonorigi.

ringworm, favo.

rinse, gargari, laveti.

riot, tumulto.

rise, leviĝi, supreniri, deveni.

risk, riski.

road, vojo, strato.-stead, rodo.

roar, (winds and waves) muĝi.

roast, rost'i,-aĵo.

rob, rabi.

robe, vesto, robo.

robust, fortika.

rock, ŝtonego, roko; balanci, luli.

rod, vergo. fishing-, hokfadeno.

rogue, fripono, kanajlo.

roll, rul'i,-iĝi; kunvolvaĵo, (*bread*) bulko.

roof, tegmento.

rook, frugilego.

root, radik'o, enradiki.

rope, ŝnurego.

rot, putri.

round, ronda; ĉirkaŭ.

rouse, eksciti, veki.

row, vico; remi.

rubbish, rubo, forĵetaĵo.

ruby, rubeno.

rudder, direktilo.

rue, ruto; bedaŭregi, penti.

ruin, ruin'o,-igi.

rule, regi, regado; regulo.

ruler, registo; liniilo.

rumour, famo.

run, kuri; flui.

rapture, rompo; hernio.

ruse, ruzo.

rush, junko; kuregi.

rust, rusti.

rut, radkavo, radsigno.

rye, sekalo.

S

sable, zibelo.

sacrifice, ofero.

saddle, selo.

sagacious, sagaca.

sage, salvio; saĝa.

sail, velo; naĝi.

salad, salato.

salmon, salmo.

salt, salo,—meat, peklaĵo.

saltpetre, salpetro, nitro.

same, sama.

sample, specimeno,

sanction, sankcii.

sap, suko.

sapphire, safiro.

sarcasm, sarkasmo.

sardine, sardelo.

sated (to be), sati.

satin, atlaso.

saturate, saturi.

sauce, saŭco,-pan, kaserolo.

saucer, subtaso.

sausage, kolbaso.

save, savi, ŝpari; krom.

savoury, bongusta.

scaffold, eŝafodo; trabaĵo.

scald, brogi.

scale, skalo, *(fish)* skvamo; tarifo.

scales, pesilo.

scandal, skandalo.

scar, cikatro.

scarf, skarpo.

scarlet, skarlato.

scene, vidaĵo, sceno.

scenery, pejzaĵo.

scent, odoro, parfumo; flari.

scissors, tondilo.

scold, riproĉi, mallaŭdi.

scorpion, skorpio.

scoundrel, kanajlo.

scour, frotlavi;

scourge, skurĝi.

scrape, skrapi, raspi.

scratch, grati.

screen, ŝirm'i,-ilo.

screw, ŝraŭbo.

scrupulous, konscienca, skrupula.

sculpture, skulpti.
scum, ŝaŭmo.
scurvy, skorbuto.
seal, sigel'i,-o, *(animal)* foko.
seaside, marbordo.
season, sezono; spici.
seasonable, ĝustatempa.
secret, sekreta, kaŝita.
secretary, sekretario.
section, sekcio.
secular, monda.
sedentary, hejmsida, sida.
sediment, feĉo.
seed, semo.
seem, ŝajni.
seemly, deca.
seize, ekkapti.
select, elekti, elelekti.
selfish, egoista.
semicolon, punktokomo.
semolina, tritikaĵo.
send, sendi, (—*for*) venigi.
sensation, sensacio,
sense, sento, senco.
sensitive, sentema.
sensual, volupta.
sentence, frazo, juĝo, verdikto.
sentiment, sento, opinio.
sentimental, sentimentala.
separate, apart'a,-igi, disigi, malkunigi.
serfdom, servuto.
sergeant, serĝento.
series, serio.
serious, serioza.
serve, servi, (—*for*) taŭgi.
service, servo, manĝilaro, Diservo.
serviette, buŝtuko,
set, meti, (—*on edge*) agaci.
sew, kudri, stebi.

sewing machine, stebilo.

sex, sekso.

shade, ombro, ombraĵo, nuanco

shadow, ombro.

shaft, (*of vehicle*) timono; (*pit*) ŝakto.

shake, ŝanceli, skui; tremi.

shame, hont'o,-igi.

share, dividi, partopreni; parto; porcio; akcio.

shark, ŝarko.

sharp, akra, acida, pinta, pika.

shatter, frakasi.

shawl, ŝalo.

sheaf, garbo.

shear, tondi.

shed, budo.

sheet, drapo, lit-tuko, tavolo.

shelf, breto.

shell, konko, ŝelo, bombo.

shelter, ŝirmilo, rifuĝejo,

shield, ŝildo, ŝirmi.

shin, tibio.

shirt, ĉemizo.

shock, skueg'i,-o.

shop, butiko, magazeno.

shoulder, ŝultro,-blade, skapolo

shovel, ŝovel'i,-ilo.

show, montri; parado.

shrill, sibla.

shrivel, sulkiĝi.

shrimp, markankreto.

shroud, mortkitelo; kaŝi.

sick, (*be,—*) vomi.

siege, sieĝo, be-, sieĝi.

sift, kribri.

sigh, sopiri, ekĝemi.

sight, vidado, vidaĵo.

sign, signo, subskribi.

signal, signalo.

silent, silenta.

silk, silko.

sill, sojlo.

silver, arĝento.

simple, simpla, naiva.

since, de kiam, ĉar, tial ke.

sinew, tendeno.

situation, situacio, sido, ofico.

size, grandeco, amplekso; for mato; glueto

skate, glit'i,-ilo; *(fish)* rajo.

skeleton, skeleto.

sketch, skizi.

skilful, lerta.

skin, haŭto, felo.

skirt, jupo.

skittles, keglo.

skull, kranio.

slander, kalumnii.

slanting, oblikva.

slate, ardezo.-s, tegmentaĵo.

slave, sklavo.

sleeve, maniko.

slipper, pantoflo.

slime, ŝlimo.

sloe, prunelo.

slope, deklivo.

sluice, kluzo.

sly, ruza, kaŝema.

smallpox, variolo.

smart, eleganta; dolereti.

smear, ŝmiri.

smell, flari, odori.

smelt, fandi.

smock, kitelo.

smoke, fumi, *(fish, etc.)* fumaĵi.

smooth, glata, ebena.

smother, sufoki.

smuggle, kontrabandi.

snail, heliko.

snake, serpento.

sneeze, terni.

snore, ronki.

snowdrop, galanto.

so, tiel, tiamaniere.——much, tiom.

soak, trempi.

soap, sap'o,-umi.

sober, sobra, serioza.

social, sociala.

society, socio, societo.

socket, ingo.

sod, bulo.

soda, sodo.

sofa, sofo, kanapo.

soft, mola, delikata.

soil, tero.

solder, luti.

soldier, soldato, militisto.

sole, sola; (*fish*) soleo; (*foot*) plando; (*boot*) ledplando.

solemn, solena.

solfa, notkanti.

solicitor, advokato.

solid, fortika; solida, malfluida.

solidarity, solidareco.

sonorous, sonora.

soot, fulgo.

sorcery, sorĉo.

sorry (be), bedaŭri.

sort, speco.

soul, animo.

sound, son'o,-i; sondi.

soup, supo.

sour, acida, malgaja.

source, fonto, deveno.

south, sudo.

space, spaco; (*of time*) daŭro

sparrow, pasero.-hawk, akcipitro.

spawn, fraj'o,-i; fiŝosemo

spear, lanco, ponardego

special, speciala.

spectacles, okulvitroj.

speculate, spekulacii, teoriigi, konjekti.

spell, silabi; sorĉaĵo.

spend, elspezi.

sphere, sfero.

sphinx, sfinkso.

spice, spico.

spill, disverŝi, disŝuti.

spin, ŝpini.

spinach, spinaco.

spiral, helikforma.

spirii, spirito; energio; fantomo; alkoholo.

spit, kraĉi; sputi.

spite, malamo, vengô, (in—of) malgraŭ; spite.

splash, ŝpruci; plaŭdi.

spleen, lieno; spleno

split, fendi, spliti.

spoil, difekti, malbonigi; ruinigi; akiro.

spoke, (wheel,) radio.

sponge, spongo.

spontaneous, propra'mova,-vola.

spot, makulo.

spout, ŝpruci.

sprain, tordi, distordo

spread, disvast'igi'-iĝi; etendi, sterni.

spring, printempo, fonto, risorto, salti.

sprinkle, ŝpruci, aspergi.

spur, sprono.

spy, spioni; esplori.

squadron, skadro, eskadro.

square, kvadrato; rektangulilo; placo.

squint, strabi.

squirrel, sciuro.

staff, (officers), stabo.

stage, estrado, scenejo.

stain, makul'o,-i.

stair, ŝtupo.

stake, paliso, fosto; veto.

stalk, trunketo.

stall, budo, stalo.

stammer, balbuti.

stamp, stampi; poŝtmarko; piedfrapi.

starch, amelo.

starling, sturno.

state, stato; Ŝtato; esprimi, diri, aserti.

station, stacio, stacidomo.

steak, bifsteko.

steel, ŝtalo.

steep, kruta; trempi.

steer, direkti, piloti.

step, ŝtupo; paŝi.

steppe, stepo.

steward, intendanto.

stick, bastono, glui,(—*bills*) afiŝi.

stiff, rigida.

still, kvieta; ankoraŭ, tamen.

stimulate, stimuli.

sting, piki.

stipulate, kondiĉi.

stock, provizi.

stocks, rentoj.

stocking, ŝtrumpo.

stoker, hejtisto.

stomach, stomako.

stone, ŝtono, (*of fruit*) grajno.

stool, skabelo, benketo.

stoop, kurbiĝi.

stop, halt'i,-igi; resti, paŭzi; (*full*—) punkto; ŝtopi.

stopper, ŝtopilo.

store, magazeno; tenejo; proviz'o,-i.

stork, cikonio.

storm, ventego.

story, rakonto, fabelo; etaĝo.

stout, dika.

strain, streĉi; filtri, kribri.

strait, markolo; embarasajxo.

strange, stranga, kurioza, fremda.

strap, rimeno.

straw, pajlo.

strawberry, frago.

streak, strio, strek'i,-o.

stretch, streĉi.

stretcher, homportilo.

strict, severa.

strike, frapi; striko.

strip, strio; (—off) senigi je.

strong, forta, fortika.

struggle, barakti; batali.

student, studento, lernanto, studanto.

stuff, ŝtofo; rembui.

stupid, stulta, malsprita.

stupor, letargio.

sturgeon, sturgo.

style, stilo; modo.

subject, objekto; temo; (*gram.*) subjekto.

subscribe, (*to journal*) aboni; (*to society*) kotizi; (*sign*) subskribi; (*money*) monoferi.

substance, ŝtofo, substanco.

succeed, sukcesi; sekvi.

suck, suĉi.

suckle, mamnutri.

sudden, subita, abrupta,

suet, rensebo.

suffer, suferi, toleri.

sufficient, sufiĉa. be—,-i

suffrage, voĉdonrajto.

suggest, proponi, inspiri, pensigi.

suit, konveni; taŭgi.

suitable, deca, konvena, taŭga.

sum, sumo.—up, resumi.

summer, somero.-house, laŭbo.

summon, kunvoki, procesi.

superfluity, superfluo, tromulto.

superintendent, intendanto.

superior, supera.

superstition, superstiĉo.

supple, fleksebla.

support, subteni.

suppose, supozi, konjekti.

sure, certa

surface, supraĵo.

surgeon, ĥirurgo.

surgery, ĥirurgio.

surprise, mir'o,-igi, (*take by*—) surprizi.

surrender, cedi, kapitulaci.

survey, termezuri.

susceptible, impresema.

suspect, suspekti.

swaddle, vindi.

swagger, fanfaroni.

swallow, hirundo; gluti.

swan, cigno.

swear, ĵuri; blasfemi.

sweat, ŝviti.

sweep, balai.

swell, ŝveli.

swing, balanc'i,-iĝi; svingi.

sword, glavo, spado.

sycamore, sikomoro.

syllable, silabo.

syllabus, temaro.

symbol, simbolo, emblemo, signo

symmetry, simetrio.

sympathy, kompato, simpatio.

symptom, simptomo.

syndicate, sindikato.

syrup, siropo; melaso.

system, sistemo.

T

table, tablo, tabelo.

tact, delikateco, takto

tactics, taktiko.

tail, vosto.

tailor, tajloro.

talent, talento.

talk, interparolad'i,-o; konversacio.

tallow, sebo.

talon, ungego.

tame, dresi; malsovaĝa.

tan, tan'i,-ilo.

tankard, pokalo.

tap, krano; frapeti.

tape, katunrubando.

tar, gudr'o,-umi.

tart, torto; acida.

task, tasko.

taste, gust'o,-umi.

tattoo, tatui.

tax, imposto.

tea, teo.

teach, instrui, lernigi.

tear, ŝiri.

tear, larmo.

tease, inciteti.

tedious, teda, enuiga.

tell, rakonti, diri.

temper, humoro, karaktero.

temperate, sobra, modera.

temperature, temperaturo.

temple, templo; tempio.

tempt, tenti.

tenant, luanto.

tendency, tendenco, emo, inklino.

tenor, tenoro; senco; signifo

tent, tendo

terrace, teraso.

terror, teruro.

testify, atesti.

text, teksto

textile, teksa.

thaw, degeli.

theatre, teatro.

then, tiam, poste, do.

thick, dika; densa.

thigh, femuro.

thing, afero, aĵo, objekto.

think, pensi, opinii.

thirst, soif'i,-o.

thistle, kardo.

thorn, dorno.

thrash, draŝi; skurĝi, bategi.

threaten, minaci.

threshold, sojlo.

thrill, eksciti.

throat, gorĝo, faŭko.

throne, trono.

throw, ĵeti.

thrush, turdo.

thunder, tondr'i,-o.

thus, tiel, tiamaniere; jene

thyme, timiano.

ticket, bileto.

tickle, tikli, amuzi.

tide, tajdo, marfluo.

tidy, bonorda.

tie, ligi; kravato.

tiger, tigro.

tile, kahelo; tegolo.

till, ĝis; prilabori.

time, tempo, fojo, daŭro, (*mus.*) takto.-table, horaro.

tin, stano.

tinkle, tinti.

tire, lacigi, tedi.

tired, laca, enuigita.

tissue, teksaĵo.

title, titolo.

titmouse, paruo.

toad, bufo.

toast, panrostaĵo; toasto.

tobacco, tabako.

toe, piedfingro.

toilet, tualeto.

tolerate, toleri.

tone, tono.

tongs, prenilo.

tongue, lango.

top, supro, pinto; verto; turbo.

torment, turmenti.

torrent, torento.

tortoise, testudo

total, tuto.

totter, ŝanceliĝi.

tourist, turisto.

towel, viŝ'ilo,-tuko.

tower, turo.

town, urbo.

trace, postesigno.

trade, negoci, komerci; metio, (—*union*) sindikato, metia unuiĝo.

tradition, tradicio.

train, vagonaro; eduki, dresi; trenaĵo.

tram, tramo, tramveturilo.

translate, traduki.

translucent, diafana.

transparent, travidebla.

trap, kaptilo, enfalejo; kariolo.

travel, vojaĝi, veturi.

tray, pleto.

treacle, melaso.

tread, marŝi, paŝi

treasure, trezoro.

treasurer, kasisto.

treat, regali; kuraci; trakti.

treaty, kontrakto, traktaĵo.

tree, arbo.

trellis, palisplektaĵo.

tremble, tremi, skuiĝi.

tribe, gento, tribo.

trick, fripon'i,-aĵo, (*cards*) preno.

trickle, guteti.

trifle, bagatelo, trivialaĵo.

tripe, tripo.

triumph, triumf'i,-o.

troop, trupo, bando.

tropic, tropiko.

trot, troti.

trough, trogo.

trousers, pantalono.

trout, truto.

trowel, trulo.

tramp, (*cards*), atuto.

trumpet, trumpeto.

trunk, (*animal*) rostro; (*tree*) trunko; (*box*) kofro; (*body*) torso.

trust, fidi.

try, provi, peni.

Tsar, Caro.

tuber, tubero.

tuft, tufo.

tumbler, glaso.

tumult, tumulto.

tune, ario, melodio; agordi.

turbot, rombfiŝo.

turkey, meleagro.

turn, turn'i,-iĝi; torni; pivoti; vico.

turnip, napo.

turpentine, terebinto.

turquoise, turkiso.

turtle-dove, turto.

tutor, guvernisto.

twilight, krepusko.

twin, dunaskito, ĝemelo.

twist, tordi.

type, modelo, tipo; presliteraro.

tyrant, tirano.

U

umbrella, ombrelo, pluvŝirmilo.

underline, substreki.

understand, kompreni.

undulating, ondolinia.

unfailingly, nepre.

uniform, uniformo; unuforma.

unit, unuo.

unite, unu'iĝi,-igi; kun'iĝi,-igi.

universe, universo.

unless, esceptinte ke, se ne.

up, supre.

upholster, remburi.

upright, vertikala, rekta; honesta.

upset, renversi.

upstairs, supre.

urchin, bubo.

urgent, urĝa.

use, uzi, utiligi,(—*up*) eluzi.

useful, utila, (*be*—) utili.

usual, ordinara, kutima.

usurp, uzurpi.

usury, procentego.

utmost, ekstrema.

V

vacant, neokupata.

vacate, forlasi.

vaccinate, inokuli.

vacillate, ŝanceliĝi.

vain, vana; vanta.

valet, lakeo, servisto.

valley, valo.

value, valoro; ŝati, estimi; taksi.

valuation, taks'o,-ado.

valve, klapo.

various, diversaj.

varnish, lak'i,-o.

vase, vazo.

vast, vasta, ampleksa.

vat, kuvego.

vault, arkaĵo,

vegetable, legomo, vegetaĵ'o.-a; kreskaĵo.

vegetate, vegeti.

vehicle, veturilo.

veil, vual'o,-i.

vein, vejno.

vellum, veleno.

velvet, veluro.

venerable, respektinda.

venerate, respektegi.

vent, ellas'o,-truo.

ventilate, ventoli.

venture, kuraĝi, riski.

verandah, balkono.

verb, verbo.

verbal, parola, buŝa.

verbatim, laŭvorte.

verdict, juĝo, verdikto.

verger, sakristiano.

vermicelli, vermiĉelo.

vermilion, cinabro.

verse, verso, strofo.

very,—much, tre.

vessel, ŝipo; vazo, ujo.

vest, veŝto; ĵaketo.

vestige, postsigno.

vex, ĉagreni.

vibrate, vibri, tremeti.

vicar, paroĥestro; vikario

vice, (*prefix*), vie-,

victim, viktimo, oferaĵo.

victory, venko, triumfo, sukceso.

view, vidaĵo; perspektivo.

vigilant, vigla.

vine, vinberujo.

violate, malrespekti, malvirtigi.

violence, perforto.

violet, violo.

violin, violono.

viper, vipero, kolubro.

virago, megero.

virgin, virgulino, virga.

virile, vira.

virtue, virto.

virus, veneno, viruso.

viscid, glueca.

vision, vizio, vidado.

visit, viziti.

vocabulary, vortaro.

voice, voĉo.

void, elĵeti, nuligi.

volcano, vulkano.

volley, salvo.

volume, volumo; volumeno, amplekso.

voluntary, memvola, propravola.

voluptuous, volupta.

vote, voĉdoni.

vow, solene promesi, dediĉi.

vowel, vokalo.

vulgar, vulgara.

vulture, vulturo.

W

wadding, vato.

waddle, ŝanceliĝi.

wade, vadi, akvotrairi.

wages, salajro.

waggon, ŝarĝveturilo, vagono

waist, talio, (-coat) veŝto.

wait, atendi, (-on) servi.

waiter, kelnero.

wake, vek'i,-iĝi; ŝippostsigno.

walk, piediri, marŝi, promeni.

wallflower, keiranto.

walnut, juglando.

walrus, rosmaro.

waltz, valso.

wander, vagi, deliri.

want, bezoni; seneco, manko; mizerego.

ward, zorgato.

wardrobe, vestotenejo; vestaro.

warehouse, tenejo, provizejo.

wares, komercaĵo.

war, milito.

warm, varma, fervora.

warn, averti, admoni.

wart, veruko.

wasp, vespo.

waste, malŝpari.

watch, observi; spioni; poŝhorloĝo.

water, akvo; surverŝi.

waterproof, nepenetrebla.

wave, ondo; flirt'i,-igi.

wax, vakso.

way, vojo, maniero, kutimo.

wean, debrustigi, demamigi.

weapon, batalilo, armilo.

wear, porti; (—*out*) eluzi; (—*away*) konsumiĝi.

weary, laca.

weather, vetero.-cock, ventoflago.

weave, teksi, plekti.

wedding, edziĝo.

wedge, kojno.

weed, sarki; malbonherbo; sea-, fuko, algo.

weep, plori.

weigh, (*ascertain the weight*) pesi; (*have weight*) pezi.

weight, pezo, pezilo.

welcome, bonvenigi; bonvenu!

weld, kunforĝi.

well, bone; nu!; puto.

west, okcidento.

whale, baleno.

wharf, kajo, el(en)ŝipejo.

wheat, tritiko.

wheel, rado.

wheelbarrow, puŝveturilo.

whelk, bukceno.

whey, selakto.

whim, kaprico.

whip, vip'i,-o.

whirl, turniĝi, kirliĝi.-pool, turnakvo.

whisk, *(eggs, etc.)*, kirli.

whiskers, vangharoj.

whisper, murmuri; subparoli, flustri.

whistle, fajfi, sibli.

whist, visto.

whiting, merlango.

Whitsuntide, Pentekosto.

whole, tuta, tuto.

wholesale, pogrande.

whooping-cough, kokluŝo.

wick, meĉo.

wicker, salikaĵa.

widower, vidvo.

wig, peruko.

wild, sovaĝa, nedresita.

wilderness, dezerto.

will, vol'o,-i.

willingly, volonte.

willy-nilly, vole-nevole.

win, gajni.

wince, ektremi.

wind, volvi, (—*clock*) streĉi

windpipe, traĥeo.

wing, flugilo, flankaĵo.

wink, palpebrumi.

winnow, ventumi.

wipe, viŝi.

wire, metalfadeno.

wish, deziri, voli.

witch, sorĉistino.

withdraw, eliĝi.

wither, velki, sensukiĝi.

withstand, kontraŭstari.

witness, atest'i;-anto.

witty, sprita.

woe, malĝojo; veo
wolf, lupo.
wonder, mir'i,-o; (*a*—) mirindaĵo.
woo, amindumi, sin svati.
wood, ligno; arbaro.
woodcock, skolopo.
woodpecker, pego.
word, vorto.
work, labor'i,-o; (*mental*) verk'i,-o; funkcii.
worm, vermo.
wormwood, absinto.
worn (out), eluzita.
worry, maltrankvil'igi,-iĝi; ĉagrenadi, ĝenadi.
worship, adori; Diservo; kulto.
worth, ind'o,-eco, valoro.
wound, vundi.
wrap, faldi, envolvi.
wreath, girlando.
wreck, (ship-), ŝippereo; periigi.
wren, regolo.
wrestle, lukti.
wretched, mizer(eg)a.
wring, tordi.
wrinkle, sulketo, sulkigi.
wrist, manradiko.
wry, torda.

Y

yacht, jaĥto, ŝipeto.
yard, korto, (*measure*) jardo; velstango.
yarn, fadeno, rakont(aĉ)o.
yawn, oscedi.
year, jaro.-ly, ĉiujara.
yeast, fermentilo.
yellow, flava.
yew, taksuso.
yield, cedi, kapitulaci; produkti.
yoke, jungi; (—*of egg*) ovoflavo.

young, juna, junularo; ido, idaro.
youth, junulo, juneco, junularo.

Z

zeal, fervoro, diligenteco.
zealot, zeloto, fanatikulo.
zebra, zebro.
zero, nulo.
zigzag, zigzag'a,-o,
zinc, zinko.
zone, (ter)zono.

BIBLIOBAZAAR

The essential book market!

Did you know that you can get any of our titles in large print?

Did you know that we have an ever-growing collection of books in many languages?

Order online:
www.bibliobazaar.com

Find all of your favorite classic books!

Stay up to date with the latest government reports!

737433

Made in the USA